CW01044119

ISBN : 979-88-498-5808-1

SAVATE' SOI

Le Direct

Ce n'était pas un jour comme les autres.

Pour la première fois depuis très longtemps, Gora, le père de Lalla, se disputait avec Zeyna. Lalla, curieuse, les espionnait depuis la cour, le front collé sur les barreaux en fer forgé de la fenêtre. Ils faisaient de grands gestes avec leurs bras, et grondaient l'un sur l'autre comme deux bêtes enragées se disputant un territoire. La joute était d'une violence inouïe. Sa mère, en pleurs, tira âprement le rideau pour quitter la pièce et s'en alla dans la cour avec le linge qu'elle avait à laver. Lalla décolla aussitôt son front qu'elle frotta avec la main pour y effacer les empreintes des barreaux et rattrapa sa mère.

— Que se passe-t-il maman ? Pourquoi Papa et toi êtes-vous en colère ? L'interpella-t-elle en agrippant doucement la robe de celle-ci. Si c'est à cause de mes bavardages à l'école, je ne parlerai plus avec personne, c'est promis.

— Mais non Lalla, où es-tu allé chercher une idée pareille ?

répondit Zeyna, une pointe d'agacement dans la voix. Tu n'y es pour rien. Ton père t'en parlera le moment venu. Elle lui caressa la tête avec tendresse et pressa le pas pour accomplir sa tâche.

C'était une de ces journées terriblement chaudes pendant l'Harmattan*. Le ciel était opaque, et l'air aussi sec et poussiéreux qu'en plein milieu du désert. Lalla et ceux que tout le monde appelait les jumeaux jouaient au Ludo sous le manguier en attendant de dîner, tandis que Gora faisait des allers-retours de pièce en pièce en se grattant la tête.

— Venez manger les enfants, soupira Zeyna, comme si parler un ton plus fort risquait de la vider de toute son énergie. Med et Hamdine cognèrent leurs poings l'un contre l'autre et firent une drôle de grimace en guise de check pour se saluer, puis Med rentra chez lui.

L'ambiance pendant le repas était tendue : un silence de plomb régnait en maître et personne n'osait émettre le moindre bruit. Le père de Lalla débarrassa la table une fois tout le monde repu et revint s'installer. Sa mère fixait son regard droit devant elle, sans dire un mot, le visage éploré comme si un écran géant y diffusait un film triste et qu'elle en était le personnage principal.

— Les enfants, je pars demain faire un long voyage avec votre oncle Ama. Dit son père d'une voix calme, les doigts entrecroisés, en se tournant nerveusement les pouces.

— Où allez-vous ? Pourquoi ne pas nous emmener aussi ? répondit Lalla, les yeux hagards.

— Nous ne pouvons pas partir avec vous ma fille, nous allons faire un voyage très éprouvant ; nous allons beaucoup marcher et nous rendre dans des contrées que nous ne connaissons pas, dit-il d'un ton grave. Une fois arrivé en Europe, je mettrai tout en œuvre pour que ta mère, Hamdine et toi me rejoigniez ; je t'en fais la promesse, ma chérie. Nous aurons une vie bien meilleure là-bas, ta mère n'aura plus besoin de vendre ses créations au marché et ton frère et toi pourrez intégrer les meilleures écoles.

— C'est quoi une contrée ? rétorqua-t-elle.

— Une contrée c'est un pays. Note ce nouveau mot dans ton cahier des définitions et continue de le remplir quand je serai absent. Ainsi, lorsque nous nous reverrons, tu me parleras de tous les mots que tu auras appris. Je suis certain que je n'en connaîtrai pas la moitié et que l'élève aura dépassé le maître. Dit-il en souriant, la main posée sur celle de son enfant pour la rassurer.

— Tu ne seras donc pas là pour nos passages en classes supérieures ! s'exclama Hamdine, son petit frère. Et puis pourquoi es-tu obligé de partir ? Tout va bien ici !

Le père se tourna vers Hamdine.

— La clinique ne me paye pas assez. Je devrais gagner beaucoup plus d'argent avec mon diplôme et tout le travail que j'y effectue, sans compter le temps que j'y passe tous les jours. Si j'arrive à être pédiatre en France par exemple, nous aurons une vie bien plus confortable, d'autant plus que l'on m'a refusé le visa pour la quatrième fois ; je suis obligé de m'y rendre d'une autre façon.

Sa mère n'avait toujours pas dit un mot. Une petite larme lui roulait sur la joue, et son époux alla s'accroupir à son niveau pour lui essuyer la pommette. Il lui attrapa doucement ses fines mains pour l'aider à se lever et la regarda dans les yeux.

— Ne t'inquiète pas Zeyna, nous allons nous retrouver plus vite que tu ne le penses. Tu es la femme la plus robuste qu'il m'ait été donné de rencontrer dans ma vie et c'est pour cette raison que tu es mon épouse, tu es la plus forte de notre couple. Je veux être un homme digne de toi et pouvoir t'offrir tout ce qu'il y a de meilleur dans ce bas monde. Et pour rendre cela réalisable, il faut que je parte, ma douce.

Il prit sa femme dans ses bras, et les enfants se joignirent à eux pour les enlacer à leur tour.

— Tu vas nous manquer Papa, chuchota Lalla la tête enfouie dans le flanc de ce dernier. Elle comprit à cet instant qu'à son réveil sa vie allait changer. Qu'il ne serait plus question de se retrouver tous les quatre autour de la table, ni même de faire des jeux en famille où elle et son père faisant équipe gagneraient à coup sûr contre l'équipe des jumeaux et de sa mère.

Qui allait les réveiller le matin pour se rendre à l'école ? Qui allait préparer l'omelette du chef le dimanche ? Qui allait venir vérifier chaque nuit si tout le monde était bien au lit ? Qui ?

Elle se dirigea vers sa chambre, le pas lourd et le cœur serré, tel un condamné au bagne rejoignant sa cellule. Son lit lui parut inconfortable, elle étala alors le drap sur le sol pour s'y allonger sur le dos, les mains derrière la tête. Elle se remémora avec nostalgie son réveil du matin même dont elle savait à présent qu'ils ne seraient plus jamais semblables.

Ce n'était pas un jour comme les autres.

L'origine

— Ce n'est pas normal maman, je saigne beaucoup trop. Lança Lalla l'air paniqué. Je vais mourir, et les jumeaux vont se partager mes affaires. Voilà comment ça va finir.

— Mais non Lalla, répondit Zeyna attendrie, comme je t'en avais parlé, cela veut juste dire que tu deviens une femme à présent, il est normal que tu aies tes règles. Tiens, dit-elle en lui tendant une tasse remplie d'un liquide épais, bois ça, tu te sentiras mieux si tu as mal au ventre.

— Et voilà, avec toi c'est toujours pareil, dit Lalla en prenant la tasse l'air dégoûté. Soit tu nous badigeonnes de karité, soit tu nous tartines de Vicks, ou alors lorsque nous n'avons vraiment pas de chance, tu nous fait avaler des boissons super amères. Tu n'aurais pas de remède à base de jus de fruits pour changer maman ?

— Tu devrais appeler Papa, c'est un professionnel lui ! ajouta Hamdine en portant sa cup en plastique à sa bouche, comme si quelqu'un lui avait demandé son avis.

Zeyna fit mine de ne pas entendre sa fille grommeler et rassembla ses affaires pour le marché, un petit sourire en coin.

— Ah oui, j'oubliais de te dire que les jours de règles il y a des chances pour que tu sois légèrement à fleur de peau, mais bon, ce n'est pas ton genre... Dit-elle en lançant un clin d'œil à sa fille, et en pressant les enfants pour partir. Hamdine, tu as fait ta prière ?

— Oui m'dame, répondit-il, son sac accroché au dos.

— Parfait ! Allons-y.

La vie sans son époux n'avait pas été facile au départ. L'équilibre de la maison avait été bafoué, et il avait fallu à Zeyna redéfinir le rôle de chacun. Gora l'appelait dès qu'il le pouvait pour partager avec elle son odyssée, et les péripéties auxquelles il faisait face. La voix de Zeyna l'apaisait, et celle-ci lui donnait des nouvelles des enfants, et de la vie dans le coin de manière générale. Elle avait beau tenter de maintenir les rituels qu'ils avaient mis en place, il lui arrivait d'échouer lamentablement sur certains points. Par exemple, lorsqu'elle essayait de reproduire l'omelette du chef, la spécialité de son mari, les enfants ne la complimentaient pas. Ils mangeaient en silence avec une expression dans le regard qui semblait dire « c'est pas tout à fait ça », mais sans faire de commentaires, ne voulant pas la froisser. Ils en riaient tous les deux au téléphone, sans pour autant que Monsieur le Chef ne dévoile sa super recette.

Leur complicité était née à Ngor, un petit village de pêcheurs aux rues étroites sur la côte dakaroise, lorsqu'ils étaient adolescents. Gora résidait chez son oncle Vieu (Saloum en réalité, mais tout le monde l'avait toujours appelé Vieu, en hommage à un savant), dans une grande maison bleue de trois étages, où les deux du haut étaient destinés à la location. Les après-midis, il se rendait sur la plage de Ngor avec ses cousins Ama et Ibou pour jouer au foot, faire des combats de lutte dans le sable mouillé, ou encore se baigner avec leur bande d'amis. Ibou ridiculisait tout le monde à la lutte, tandis qu'Ama nageait un kilomètre jusqu'à la petite île pour y traîner avec les plus grands, laissant Gora et les autres, dont Zeyna Samb, la fille du revendeur de pirogues, sur la plage principale. Zeyna avait la peau d'un noir mat aux reflets bleutés, un visage parfaitement ovale doté d'un minuscule nez rond et des pommettes haut perchées qui semblaient recouvrir ses yeux lorsqu'elle souriait. Elle était assez menue, les épaules petites et arrondies, et grâce à la nage ses jambes étaient galbées comme celles des athlètes qui couraient beaucoup. Gora et elle s'isolaient du reste du groupe pour ramasser des coquillages, et manger du pain à la Vache qui rit planqués derrière une pirogue à l'abandon. Le coin des vieilles pirogues colorées recouvertes d'inscriptions, élimées et enfoncées dans le sable, était devenu leur petit nid. Ils y partageaient ensemble leur rêve d'aventure et y fantasmaient une vie à deux, lui comme médecin reconnu au Sénégal et elle comme la plus grande commerçante de Ngor.

Plus tard, il excella dans ses études de médecine, passant le clair de son temps plongé dans les livres ou à l'hôpital militaire de Ouakam, à pousser des brancards bénévolement, et à s'imaginer à la place de ces professionnels de santé que tout le monde respectait. Une fois interne en médecine, il demanda la main de Zeyna comme promis, mais les proches de celle-ci refusèrent, car destinée à épouser un Lébou comme elle, disaient-ils, et non un mandingue comme Gora. Ils se marièrent quand même, contre la volonté de leurs familles, et louèrent une minuscule chambre insalubre dans le quartier de Yoff, plus à l'est, les obligeant à se serrer les coudes en toutes circonstances et à se soutenir deux fois plus face aux épreuves. Lalla naquit dans cette chambre.

Lorsque l'opportunité d'être l'unique pédiatre de la clinique de Goudiry se présenta pour Gora, Zeyna hésita. Vivre à plus de cinq cents kilomètres de Dakar loin de toutes les personnes qu'ils connaissaient et loin de la mer l'angoissait. C'était une Lébou et elle était née dans l'eau répétait-elle souvent, comment allait-elle survivre là-bas ? Gora la supplia et l'encouragea à créer des bijoux comme elle le faisait auparavant, et elle finit par accepter. Hamdine vit le jour quelques mois à peine après leur arrivée, trois ans après leur fille.

À présent, Zeyna réveillait ses enfants le matin. Lalla préparait son petit-déjeuner ainsi que celui de son frère. Un morceau de pain acheté la veille avec du Chocoleca* tartiné sur une seule tranche du sandwich, accompagné d'un lait chaud à base de poudre, et ils quittaient la maison tous les trois en même temps. Lalla empruntait le chemin vers l'est pour se rendre à l'école des Gazelles, tandis qu'Hamdine et elle partaient vers l'ouest, l'école de celui-ci se trouvant près du marché.

Au moment où leurs chemins se séparaient, Zeyna répétait comme chaque jour et de manière systématique à sa fille de ne pas traîner en chemin après l'école, comme une prière qu'elle se devait de réciter.

— Je sais que tu croises les quelques enfants de ton âge qui n'ont pas la chance d'aller à l'école et avec lesquels tu aimerais t'amuser, mais je préfère que tu ne le fasses pas ! disait-elle.

Lalla lui tournait le dos avant même qu'elle ait fini de parler, levant les yeux au ciel et gonflant ses joues, lui donnant l'air d'un hamster mal en point.

— Moi aussi je t'aime ma fille, et j'espère que ton visage ne restera pas bloqué sur une grimace ; ça serait dommage de ne plus avoir ma beauté ! s'écriait-elle moqueuse.

Les jours de marché n'étaient jamais les mêmes. Zeyna qui se contentait de vendre ses créations lorsque son mari était encore là, dû à présent vendre de l'huile de palme et des savons pour être certaine de gagner un peu plus d'argent chaque jour, et ne pas avoir à toucher à ses économies. Les bijoux qu'elle confectionnait étaient faits de perles et de coquillages en tout genre qu'elle peignait et transformait elle-même. Elle avait le don d'associer les couleurs, de dénicher les bonnes tailles et les formes originales comme personne autour d'elle, un savoir-faire qui justifiait l'harmonie de ses confections. Sa passion avait fait naître un petit rituel mère fille, qui consistait à offrir un bijou à sa fille à chacun de ses anniversaires.

Zeyna vendait ses marchandises le sourire aux lèvres, riait avec les clientes, et se joignait aux railleries et aux commérages de ses voisines commerçantes, pour paraître le plus naturel possible. Elle faisait mine de ne pas être trop touchée par l'absence de Gora, comme ces autres femmes qui avaient vu leur mari partir et s'installer en France, en Italie ou aux États-Unis. Elle se surprenait même à glousser lorsque certaines disaient qu'ils les délaissaient une fois là-bas pour fréquenter des blanches aussi insipides que les plats qu'elles cuisinaient. Il y avait aussi celles qui parlaient de trahison quand ledit mari y fondait une nouvelle famille, en négligeant la leur. D'autres vantaient leurs qualités de femmes parfaites aussi douées en cuisine que dans la chambre à coucher, pendant que d'autres rappelaient la gravité de tels ou de tels péchés que commettaient les hommes selon le Coran. Et dans toute cette cacophonie, seules certaines pouvaient identifier de manière juste la peine que Zeyna s'efforçait de dissimuler, sous le masque sommaire qu'elle portait au quotidien. Ces femmes n'étaient pas voyantes, non, elles avaient juste une douleur semblable dans la poitrine qui se nourrissait de leur beauté.

La rencontre

En octobre, cela faisait deux mois que son père était parti. À la rentrée, on avait annoncé que Djoumi et Lalla seraient dans la même classe. L'une frémissait de joie à l'idée d'être dans la même classe que son amie, mais l'autre appréhendait d'avoir à travailler pour deux, car Djoumi n'en avait rien à faire de l'école.

À peine la classe terminée, Djoumi s'empressait de fuir comme si elle y avait été prise en otage et qu'elle n'y retournerait pas le lendemain.

Elles étaient amies depuis toutes petites, mais Djoumi était celle qui avait perdu toutes ses dents de lait en premier, celle qui avait eu de la poitrine assez vite et dont les garçons tombaient amoureux, tandis que Lalla était celle qu'on qualifiait parfois de garçon manqué.

La routine de Lalla après l'école lui plaisait. Elle sautait à cloche-pied depuis la boutique du vieux peul jusqu'à l'épave de la Peugeot 504. Puis, elle essayait de trouver un nombre incalculable de définitions, de contextes, où le mot du jour pouvait être utilisé. Ce qui laissait souvent place aux jeux de mots les plus amusants.

Le mot du jour pouvait avoir été aperçu dans un livre à l'école, lu sur la couverture du journal à la boutique, ou tout simplement entendu dans la rue. Après avoir inventé toutes sortes de définitions potentielles, il fallait chercher le véritable sens du mot en question dans un dictionnaire, et l'inscrire dans le cahier des définitions.

Cet après-midi-là, le mot vedette était « tong », un mot qui ne lui semblait pas si inconnu et pourtant le sens véritable lui échappait pour le moment. Elle s'imagina alors nauséeuse en raison de la forte odeur de poisson, face à un homme, au pantalon usé et fourré dans des bottes en caoutchouc verdâtres. On entendait l'homme brailler (Lalla, en réalité), jusqu'à l'autre extrémité du port : « magnifique TONG de 30 kilos pêché ce matin », brandissant l'énorme poisson-trophée d'une seule main. Ou encore, sur le plateau d'Aissa Banane, la journaliste favorite du pays, à interviewer le champion du monde de ping TONG. « Comment avez-vous remporté la PING-TONG CUP cher invité ? ».

Évidemment, tout ceci se disait à voix haute, c'était tellement plus drôle, et puis après tout, pourquoi pas ?

Occupée à son imitation médiocre d'Aissa Banane, une voix chantante vint lui souffler :

— Une tong, c'est une chaussure !

Incertaine de l'avoir réellement entendue, elle continua de marcher, lorsque cette même voix reprit, un ton plus fort.

— Une tong, c'est une sandale, ma chère !

La voix venait de sa droite, elle tourna alors la tête et aperçut ce garçon.

— Comment tu le sais que c'est une sandale ? lui dit-elle à son tour.

— Je le sais, c'est tout ! dit le garçon en sortant de sa cachette. Je m'appelle Akil et toi ?

— Lalla.

— Enchanté Lalla. C'est un... chouette prénom. Même si tes parents ne se sont pas donnés beaucoup de mal pour te nommer ainsi.

Elle lui sourit alors. Elle avait tout de suite apprécié la spontanéité avec laquelle Akil faisait jaillir ce qui lui passait par la tête, et ce sûrement car elle se reconnaissait en lui.

Il faisait à peu près sa taille, mais elle le dépassait de quelques centimètres. Il avait la peau très claire, d'une pâleur qu'elle n'avait jamais connue auparavant. Ses parents à lui étaient sûrement trop occupés à trouver un joli prénom, le jour où l'on donnait des couleurs aux nouveau-nés.

Des taches de rousseur parsemaient son visage, ses lèvres, et ses sourcils étaient d'un blond presque blanc. Ses cheveux, du même blond blanc que ses sourcils, étaient assez crépus, et venaient former de petites boules irrégulières sur sa tête.

— Tu es à l'école des Gazelles, c'est bien ça ? demanda-t-il.

— Oui, c'est ça. Et toi ? Pourquoi tu n'es pas à l'école ?

— C'est une longue histoire, répondit-il en regardant ses pieds faire de petits cercles dans le sable.

— Et je ne suis pas digne de connaître cette histoire, je suppose ?

— Exactement ! Tu comprends si vite, répliqua-t-il le sourire aux lèvres. Je fais l'école à la maison, avec ma mère et Adebola, mon grand frère.

Il portait un short bleu très délavé, et un t-shirt orange imprimé, représentant une bouteille inclinée avec l'inscription Ibissap en vert fluo.

À ses pieds, des chaussures couleur brou de noix à la forme du moins particulière, à mi-chemin entre des bottines, des chaussettes et des tennis, venaient compléter ce look peu commun. Les lacets ne se ressemblaient pas vraiment d'une chaussure à l'autre. Ils étaient d'un bleu différent, bien serrés, venaient s'enrouler autour des chevilles, et former un nœud au niveau du tendon.

— Tu veux faire la course Lalla ?

Elle releva la tête pour se concentrer sur son visage blafard, plutôt que sur ses chaussures.

— Je ne suis pas autorisée à trop traîner dehors en rentrant chez moi, répondit-elle. Ma mère est très stricte là-dessus. À croire que je pourrais disparaître comme par enchantement entre la maison et l'école.

— Je comprends… Je comprends que tu aies peur de perdre à la course et c'est normal, je suis certainement bien trop rapide pour toi.

— Rien à voir ! Je te dis simplement que je n'ai pas le droit de le faire c'est tout.

— Très bien… Peureuse ! lança-t-il en s'étirant.

Elle regrettait déjà l'instant où elle avait cru l'apprécier. Pour qui se prenait-il ? Elle n'avait peur de rien. Encore moins d'un petit garçon maigre et dépourvu de couleur.

— Ce n'est pas grave, nous ferons la course une prochaine fois, ajouta-t-il.

— Il n'y aura pas de prochaine fois car rien n'aura changé, répliqua-t-elle d'une voix sèche. Tu fais semblant de ne pas comprendre ou tu cherches juste à m'agacer ? Les pointes de ses oreilles étaient brûlantes tant la colère commençait à l'envahir.

— Ne sois pas si agressive enfin, je te taquine, dit Akil décontenancé. Je ne vous dérange pas plus longtemps Madame Aissa Banane et je vous dis à demain même endroit, conclut-il.

Elle réagissait souvent ainsi lorsqu'on la provoquait et Akil venait d'en être témoin. Elle voulait l'emporter à tous les coups. Ce trait de caractère puisait sans nul doute sa source dans son héritage, ses ancêtres guerriers mandingues, en avait-elle déduit. Quelques mois auparavant, les jumeaux l'avaient mise au défi de grimper le manguier de la cour. Intrépide et hargneuse, elle escalada l'arbre branche par branche, à la vitesse de la lumière et avec la dextérité d'un vervet. Et pour prouver qu'elle était encore plus forte qu'ils ne le pensaient, elle tenta d'y arracher un fruit non mûr, perdit l'équilibre et dégringola du haut de la branche. Résultat : poignet cassé.

— Désolée. Je ne voulais pas être agressive, répondit-elle plus calme. Mais oui, à demain, nous pourrons jouer aux définitions ensemble. Ça ne devrait pas me mettre en retard pour rentrer à la maison si nous le faisons le long du chemin. Je t'expliquerai les règles du jeu, elles sont très simples.

— C'est pas nécessaire, je te vois y jouer presque tous les jours, s'exclama-t-il en tournant les talons. Salut, à demain.

Elle reprit sa route, troublée par cette rencontre fortuite, néanmoins agréable, et se réjouissait déjà à l'idée de le revoir.

Le maître du jeu

Le 4 septembre 1996, un baptême avait eu lieu dans une petite cour commune de Fana au sud du Mali. Il y avait un peu plus de monde que prévu, au point de se demander si la bête que l'on avait sacrifiée pour l'occasion allait suffire à nourrir tous les invités.

Sept vieillards assis sur des tabourets en bois massifs et disposés en U sous un baobab se passaient doucement le poupon enroulé dans un épais pagne tissé de fils dorés. Ils récitaient des prières à tour de rôle dans les minuscules oreilles de celui-ci. D'abord dans l'oreille droite, puis dans l'oreille gauche à chaque fois.

La mère était assise au sol sur les nattes, accompagnée des tantes du bébé. Elle recevait les bénédictions, un voile posé sur la tête, et dans une position peu confortable, car elle avait encore quelques douleurs tant son accouchement une semaine plus tôt avait été éprouvant.

Elle ne quittait pas l'enfant des yeux, telle une louve prête à se dresser et à sortir les crocs au moindre geste qui lui paraîtrait suspect envers son petit.

Les quatre griots — trois femmes et un homme — placés debout en face d'elle entonnaient les louanges et rappelaient l'héritage de ce noble bébé né un soir de pleine lune comme certains de ses aïeux. Il avait la couleur du lait, disaient-ils, il aurait un bel avenir et il continuerait de briller, quelle que soit l'obscurité dans laquelle il se trouverait. C'était son destin.

Ce petit venait officiellement de porter son prénom, celui d'Akil.

C'était un garçon très vigoureux, une vraie pile ! Il s'était mis à marcher très tôt, et à parler parfaitement dès l'âge de deux ans. Il était si dynamique que ses parents s'épuisaient à le reprendre constamment et à lui demander de canaliser son énergie.

C'était un passionné de sports, et ceux qu'il affectionnait particulièrement étaient les sports de combat, toutes catégories confondues. Cet engouement n'était pas qu'un hasard, son grand-père n'étant autre que le grand

Soumailou Bofon, quintuple champion d'Afrique de boxe.

Il n'avait jamais eu l'occasion de rencontrer ce dernier, décédé bien avant sa naissance. Mais son père lui racontait sans cesse, et avec fierté, l'histoire de Soumailou Bofon, et à quel point il maîtrisait sa discipline. Une photo en noir et blanc du champion sur le ring face au grand Mohammed Ali, triomphait sur le mur du salon, et Akil se mettait régulièrement torse nu devant celle-ci, à se déplacer et à donner des coups de poing dans le vide, comme s'il menait à son tour ce fameux combat.

En short et sandales, sa tenue de prédilection, il avait demandé maintes et maintes fois à son père de lui acheter des tennis montantes comme celles des grands boxeurs, mais en vain. Cela était en plus d'être cher, très difficile à trouver dans une commune comme Goudiry.

Akil avait bien tenté de se les offrir lui-même en vendant des jus de bissap* et de gingembre devant chez lui, que sa mère préparait. Mais les gens ne les connaissaient pas bien, car ils étaient les derniers à avoir emménagé dans le coin, et ici on se méfiait avant d'acheter à boire et à manger à n'importe qui. La clientèle n'avait pas été au rendez-vous et il avait été impossible de récolter l'argent espéré.

C'est ainsi que l'idée de se fabriquer sa propre paire de chaussures de boxe lui vint à l'esprit. Il avait commencé par découper les sièges de l'épave de la 504, pour y prélever des morceaux de tissus, un cuir marron assez souple. Puis, il avait récupéré auprès de monsieur Fatty, le bricoleur du quartier, de la colle, et des restes de pneus qui lui serviraient de semelles. Et enfin pour les lacets, il avait demandé à sa mère quelques chutes de son Lépi, un tissu traditionnel peul assez épais. Le Lépi, était réalisé avec du coton tissé, et plongé dans une cuve, où une teinture à base d'indigotier offrait plusieurs nuances de bleu au tissu. Akil était amoureux de ce bleu indigo depuis toujours, c'était donc naturellement qu'il l'avait choisi pour ses chaussures.

Le moulage de ses petits pieds n'était pas une mince affaire. Il voulait que la paire soit parfaitement ajustée à ses pieds, mais il pensait aussi à sa croissance, il fallait qu'elle puisse s'adapter à sa morphologie avec le temps. Il passa donc des jours et des nuits entières à fabriquer ses chaussures, calculant le moindre détail, évaluant le moindre défaut.

Le jour de la fête de la Tabaski*, sa mère l'avait obligé à porter le boubou en bazin vert qui lui grattait le dos comme à chaque fois, mais cette fois il ne rechigna pas, il ne pensait plus qu'à ses chaussures qui étaient enfin prêtes à être portées. Il enfila son boubou, trop grand de surcroît, embrassa sa mère et alla chercher ses chaussures qu'il avait fabriquées de ses mains et qu'il affectionnait tant. Il chaussa le pied droit, tira sur les lacets pour bien maintenir le pied, enroula le tout autour de sa cheville et fit un nœud à l'arrière. Il réitéra le geste avec le pied gauche, et se mit à sautiller et à donner des uppercuts dans le vide. Elles étaient légères. Elles étaient souples. Elles étaient à lui. Et surtout, surtout, elles ressemblaient à celles des boxeurs : sa paire de savates était née !

La compétition

Trois mois après leur rencontre, le jeu des définitions les amusait toujours autant, et ils apportaient le mot du jour à tour de rôle, puis vérifiaient les significations dans le dictionnaire esquinté d'Adebola qu'Akil apportait. Elle n'avait toujours pas parlé de lui à sa mère et la culpabilité venait se manifester par moments. Zeyna avait aperçu les parents d'Akil quelques fois, mais ne s'était pas attardée sur les présentations comme le voisinage avait coutume de faire, elle aurait autrement compris leur amitié. Elle savait néanmoins que la mère d'Akil sortait peu et qu'elle avait un enfant albinos, car les gens en parlaient au marché.

Cet après-midi-là, Akil racontait probablement comme toujours, comment Bruce Lee avait réussi, avec son pied, à atteindre le visage d'on ne sait quel adversaire dans on ne sait quel film. Ce qui est plus que certain, c'est que Lalla n'en avait rien à faire. Tout ce qu'elle avait retenu une fois de plus c'est qu'il l'avait traitée de dégonflée, car elle n'aurait pas eu le courage de se battre contre Lee dans le film. Elle n'avait pas oublié la première provocation d'Akil, et nourrissait depuis leur rencontre, une volonté féroce de relever son défi. Elle avait de très grandes jambes, et courait plus vite que certains garçons alors il ne l'intimidait pas, au contraire son corps chétif la faisait doucement sourire.

— Faisons la course ! l'interrompit-elle.

Il s'arrêta net, et alors qu'ils se trouvaient côte à côte, vint se placer face à elle et lui sourit. Il était beau lorsqu'il souriait, il pointait son nez court vers le ciel, et ses yeux d'un gris pétillant se plissaient et se fermaient même complètement parfois.

— En voilà une bonne idée ! Mais tu n'as pas le droit, il faut que tu rentres, n'est-ce pas ? répondit-il sarcastiquement.

— Oui, mais une course de quinze secondes ne changera rien à mon trajet.

— Tu aurais donc pu accepter depuis la première fois où j'ai proposé, n'est-ce pas ? dit-il en jubilant.

— J'ai compris Akil, je n'y avais peut-être pas pensé. On la fait cette course oui ou non ? rétorqua-t-elle amusée.

— Bien sûr, j'ai hâte de voir ton visage après ta défaite.

Il la tira par l'avant-bras pour la placer, et traça une ligne avec son pied dans le sable rouge.

— Nous commencerons d'ici, expliqua-t-il. Mais tu peux partir de vingt mètres plus loin si tu veux que ça soit équitable.

L'insolence d'Akil n'avait vraisemblablement pas quitté les lieux.

— Le premier arrivé à l'arbre lapin remporte la course. Ajouta-t-il en portant sa main en visière, pour se protéger les yeux du soleil.

— L'arbre lièvre, tu veux dire ?

— Cet arbre a clairement la forme d'un lapin Lalla, dit-il un peu las.

— Si tu veux, mais ici tout le monde l'appelle l'arbre lièvre.

— Tu me fatigues ! répliqua-t-il en déplaçant la paume de sa main pour la poser sur son front. Donc, le premier à l'arbre lièvre est vainqueur.

— Parfait !

Ils se placèrent derrière la ligne, un pied devant l'autre, et au top départ, Lalla courut à toute vitesse pour l'emporter. Akil se trouvait loin derrière pendant la course, elle était certaine de gagner. Ce qui ne fut pas le cas.

Akil y était.

Il était purement et simplement arrivé à l'arbre avant elle.

Comment était-ce possible ? Elle avait tellement d'avance sur lui.

Essoufflée et intriguée, elle l'interrogea. Comment avait-il réussi à la battre ?

— Je porte des chaussures magiques ! répondit-il serein.

— Arrête tes bêtises Akil s'il te plaît. Elle reprit son souffle, les narines dilatées prêtes à aspirer tout l'air du pays. J'ai vraiment besoin de comprendre.

— Il n'y a rien à comprendre, mes chaussures sont juste magiques. Tu veux les essayer ?

Agacée par les moqueries d'Akil, mais aussi et surtout par cette défaite cuisante, elle fit mine de partir, lorsqu'il la rattrapa pour se replacer face à elle :

— Tu ne vas quand même pas m'en vouloir d'avoir gagné la course, hein, Lalla ?

— Non ! Je dois rentrer chez moi, c'est tout. Mais je prendrai ma revanche demain, je peux te l'assurer, dit-elle l'air désinvolte, la bouche en cul-de-poule.

Il s'écarta pour la laisser passer et elle reprit le chemin de la maison déterminée à élucider ce mystère.

Le lendemain, elle rassembla tous les ingrédients possibles selon elle pour vaincre Akil à la course. Elle avait avalé une double ration de bouillie de mil au dîner la veille, persuadée que plus de nourriture lui donnerait plus de force, et par conséquent plus de rapidité. Elle s'était entraînée à courir pendant la récréation, portait les tennis d'Hamdine bien plus adhérentes que ses pauvres sandales à elle, et avait même fait quelques étirements. Tout était prêt.

L'heure de la revanche avait sonné. Ils se serrèrent la main comme dans une réelle compétition sportive, et Lalla examina minutieusement la posture et la position d'Akil du coin de l'œil.

Au top départ, elle se hâta de toutes ses forces jusqu'à la ligne d'arrivée pour y refaire le même constat que la veille : il était à nouveau gagnant et toujours sans savoir comment. C'en était trop. Elle devait comprendre quelle était sa technique, car tout lui échappait.

— Akil ! Dis-moi vraiment comment tu fais ça, demanda-t-elle d'une voix sifflante. Je veux dire, je ne te vois même pas courir à côté de moi que tu es déjà arrivé à la ligne, et c'est impossible, mes yeux ne quittent pas la course.

— Je te l'ai dit pourtant, ce sont mes chaussures, elles sont magiques. Et je ne mens jamais, répondit-il en haussant les épaules.

— Et en quoi sont-elles magiques ? Elles te permettent de remporter des sprints contre des filles plus fortes que toi, c'est ça ?

— Bah essaye-les puisque tu ne me crois pas.

Perplexe, mais curieuse, elle accepta.

— Comment se portent ces drôles de trucs ? dit-elle en les tenant par les lacets.

— Enfile-les comme des chaussettes.

Elle y glissa les pieds, et étonnamment celles-ci s'ajustèrent d'elles-mêmes à sa pointure.

— Très bien. Maintenant, imagine-toi sous l'arbre lapin. Indiqua Akil.

— Sous l'arbre lièvre…

— Oui, peu importe, dit-il fermement, il faut à tout prix que tu te concentres et que tu visualises bien l'endroit où tu souhaiterais qu'elles t'emmènent.

Lalla ferma donc les yeux, s'imagina sous l'arbre, et en une fraction de seconde se retrouva au point de chute. En rouvrant les yeux, elle aperçut Akil au loin, les bras en l'air pour lui faire de grands signes, son t-shirt lui remontant jusqu'au nombril, dévoilant son ventre blanc.

Elle ferma à nouveau les paupières pour retourner auprès de lui à la même vitesse.

— Waouh ! s'exclama-t-elle, les yeux brillants, mais comment c'est possible ? Je suis allé si vite. Combien de temps j'ai mis à ton avis ?

— Je ne sais pas, je n'ai pas eu le temps de compter. On la refait.

— Ok ! Elle réitéra.

— Deux secondes ! Tu as mis deux secondes.

— On ne réalise même pas que l'on se déplace à une telle vitesse ! Magique. Elles sont MAGIQUES !

— Je te l'avais bien dit, mais tu étais tellement occupée à….

Elle lui coupa la parole.

— Où les as-tu achetées ? Combien ça coûte ? Pourquoi tu ne me l'as pas dit avant ? Tu penses que ma mère accepterait de me les acheter ? Est-ce que mon père pourrait m'en trouver en Europe ?

Elle enchaînait les questions sans prendre le temps de respirer. Elle ouvrait et fermait les yeux à un rythme effréné, pour faire des allers-retours entre l'arbre et la ligne de départ telle une épileptique. Akil, mort de rire, la saisit mollement par les épaules pour lui permettre de se calmer.

— Je ne les ai pas achetées, je les ai faites moi-même avec mes petits doigts, répondit-il.

— Époustouflant ! Tu peux me fabriquer les mêmes s'il te plaît ? S'il te plaît ? dit-elle en sautillant.

— C'est un modèle unique Lalla. J'ai essayé de faire d'autres chaussures magiques, mais ce sont les seules à avoir ce pouvoir, et je ne sais pas pourquoi, je suis moi-même le premier surpris. Elles n'ont ce pouvoir qu'en extérieur aussi, ça ne marchera pas depuis ta chambre par exemple.

Au même moment, la mère d'Akil l'appela depuis la maison pour lui demander de rentrer. Lalla lui rendit les savates, qu'il chaussa immédiatement.

— Je dois y aller, dit-il en accélérant le pas en direction de chez lui.

— Mais attends, tu n'as pas fini d'expliquer tes chaussures…

En moins de temps qu'il n'en fallut, Akil était dans sa cour à la saluer de la main.

— Bon, à demain alors, murmura-t-elle dans sa barbe.

Gora quant à lui faisait face à de nouvelles contraintes de son coté.. Ama et lui étaient depuis quelques semaines à Gao à l'est du Mali, le pays voisin. Ils étaient hébergés chez monsieur Bathily depuis dix-huit jours, un vendeur de bétail au dos esquinté par le travail en échange de leur aide. Celui-ci conseilla aux deux hommes de quitter la ville pour leur sécurité, car des groupuscules terroristes et armés de surcroît envahissaient la région peu à peu. Ils prenaient l'habitude de dépouiller les personnes en direction de l'Europe de leur bourse, généralement remplies de leurs économies.

Gora regretta de ne pas avoir pris le temps de contempler et de se rendre à l'intérieur des vieilles bâtisses en terre cuite qui constituaient le célèbre tombeau d'Askia de Gao, un héritage de plus de cinq siècles de l'empire Songai.

— Mes enfants auraient adoré, dit-il au vieux Bathily avant d'inscrire dans son cahier qui faisait office de journal de bord où il en était de son parcours.

L'enchaînement

Le père de Lalla était parti depuis près de sept mois déjà.

Nous étions le 4 avril 2009 et elle fêtait ses douze ans.

Les sorties d'écoles étaient rythmées par le même rituel.

Le professeur libérait Lalla, et Akil la rejoignait pour jouer aux définitions, se déplacer dans les alentours avec les chaussures magiques, ou encore partager des Biskrem*.

— Comment allez-vous, jeune « empathie » ? s'écria Lalla enjouée. Vous avez plein de petites empathies dans vos cheveux aujourd'hui. Je pense manger un peu de riz accompagné d'une sauce à l'empathie au dîner.

— Ha ha ha. Mais bien sûr madame, laissez-moi vous transporter dans cette empathie de luxe et vous déposer en Amérique, répondit Akil.

Ils rirent aux éclats et vérifièrent la signification dans le dictionnaire d'Adebola, qu'Akil trimballait à chaque fois.

— Empathie : nom féminin, faculté de se mettre à la place d'autrui, de percevoir ce qu'il ressent. On était loin du compte encore une fois, dit Lalla. À ton tour, quel est ton mot ? poursuivit-elle.

— Je n'ai pas de mot aujourd'hui, répondit-il doucement. Du moins, pas de mot rigolo.

— Qu'est-ce que tu as Akil ? T'es pas comme d'habitude. J'ai fait quelque chose de mal ?

— Bien sûr que non ! Tu n'as absolument rien fait de mal, au contraire j'adore passer du temps avec toi, on rigole bien.

— Alors pourquoi cette mine de chien battu ? J'aimerais bien le savoir, dit-elle un peu tendue.

— Je dois partir, dit-il embarrassé.

— Ah d'accord, si ce n'est que ça, on se verra demain, pas de quoi faire cette tronche, répondit-elle sereinement.

— Non justement, rétorqua Akil. C'est ce que j'essaye de te dire. Je ne serai pas là demain, nous allons déménager.

Le visage de Lalla se décomposa. Elle sentit son enthousiasme la quitter lentement pour laisser place à une profonde déception.

— Je ne comprends toujours pas, balbutia-t-elle. Je veux dire, pourquoi devez-vous déménager ?

— C'est le résumé de ma vie, ça. Il y eut un silence, et il reprit. Depuis que je suis tout petit, nous ne restons jamais vivre bien longtemps au même endroit. Comme je suis albinos et que ma mère a peur pour ma sécurité, nous déménageons régulièrement.

— Mais tu n'es pas en danger, ici, avec nous. Et d'ailleurs qu'est-ce que le fait que tu sois un albinos vient faire dans tout ça ?

— On vivait à Fana au Mali avant. Quand j'avais quatre ans, ma mère m'avait laissé jouer dans la cour commune avec d'autres enfants, mais j'étais isolé comme souvent. Le temps qu'elle rentre dans la maison et qu'elle en ressorte, j'avais disparu. Elle a tout de suite couru à ma recherche en criant mon nom de toutes ses forces, quelques adultes se sont joints à elle, et ils ont réussi à rattraper l'homme qui essayait de s'enfuir avec moi.

Au Mali, dans notre commune, les albinos sont kidnappés régulièrement. Ils sont vendus très cher pour servir de sacrifices à des gens qui ont des croyances bizarres. Ils nous coupent la tête, les bras ou les jambes, et ils broient nos os, pour être riches et puissants. Qu'est-ce qu'ils sont bêtes ma parole, dit-il en se tapant le front. Nos vies y sont constamment menacées, ma mère est de plus en plus paranoïaque, alors on se déplace sans cesse pour qu'elle soit plus tranquille. Mon père a tenté plusieurs fois de la rassurer et lui dire que tout se passait bien ici, mais elle n'a rien voulu entendre.

Des fois, je me dis que j'aurais dû ressembler à Adebola, avec une peau normale, pour éviter tous ces problèmes à mes parents. Les autres auraient moins peur de moi et j'aurais eu plus de copains.

En effet, Adebola, son frère de trois ans son aîné, avait la peau ébène, un visage rond et une carrure imposante pour un adolescent de son âge.

— Comme c'est malheureux, dit-elle avec une petite voix. Je suis désolée Akil, je ne savais rien de tout ça. Les gens sont si méchants ! Quand est-ce que tu as su que tu partais ? Pourquoi tu ne me le dis que maintenant ?

— Je ne sais pas, j'espérais que mes parents changent d'avis.

— Et où allez-vous déménager ?

— Nous partons pour Lomé au Togo, mon père est originaire de là-bas. Mais connaissant ma mère, nous allons certainement continuer à changer de pays au gré de ses humeurs, répondit-il l'air détaché.

Elle fixa alors Akil sans dire un mot. Ses yeux étaient remplis d'eau, et elle s'efforçait de les maintenir ouverts pour ne pas laisser ses larmes couler et continuer à le voir de manière floue. Mais en vain, elle cligna des yeux et laissa son chagrin se dévoiler.

— Qu'est-ce que tu fais là ? J'te rappelle qu'un karaté kid ne pleure pas, dit-il tout penaud, pour tenter de la consoler.

Elle lui fit un sourire et essuya ses larmes. Elle n'avait pas pleuré quand son père était parti, car elle savait qu'elle le reverrait, mais pour Akil, c'était différent, il était devenu son meilleur ami en quelques mois et il s'agissait d'adieux et non d'un au revoir.

— J'ai supplié ma mère pour rester ici, mais elle a dit que c'était peut-être dangereux. J'te jure que je suis aussi triste que toi, et tu sais ce que ça veut dire ?

— Non, dit-elle d'une voix fragile.

— Que j'ai de l'empathie !

Ils rirent en chœur et s'adossèrent à l'arbre lièvre.

Akil s'inclina et tira sur ses lacets pour retirer, non sans difficulté, ses chaussures l'une après l'autre.

— Tiens ! lança-t-il, en lui offrant les savates, elles sont pour toi. Joyeux anniversaire.

— Mais pourquoi ? dit-elle les yeux écarquillés. Non, j'peux pas accepter ce cadeau, elles sont bien trop précieuses pour toi. Tu n'devrais pas t'en séparer Akil, l'air embarrassé.

— Mais j'y tiens. Je veux que tu les gardes avec toi. Et un cadeau ne se refuse pas, insista-t-il, lui plaçant les chaussures magiques dans les mains.

Ils se prirent dans les bras et restèrent figés dans cette position un moment. Leurs bras étaient entrelacés et leurs genoux se touchaient légèrement. Lalla sentait le souffle chaud d'Akil dans son cou. Son cœur battit de plus en plus vite et une drôle de sensation l'obligea à s'agripper à lui. Elle n'avait jamais ressenti de telles émotions auparavant, était-ce un sentiment amoureux ? s'interrogea-t-elle.

Elle voulait lui dire tant de choses, mais ce silence, le rythme de leur respiration, et son visage humide posé sur l'épaule d'Akil valaient bien plus que des mots.

— Nous partirons dans la nuit comme à chaque fois, dit Akil, je ne pourrai pas revenir te saluer, mais sache que jamais personne n'a été aussi gentil avec moi et que je ne t'oublierai jamais.

Elle se redressa pour renifler et contempler son visage encore une fois, comme pour immortaliser l'instant, et garder ce souvenir pour toujours.

— Je ne dormirai pas cette nuit, assura-t-elle, je te regarderai partir depuis ma fenêtre, alors je t'interdis de partir sans me faire un coucou digne des plus grands maîtres ceinture noire de coucou.

Ils s'esclaffèrent avant de se refaire une toute dernière accolade.

Il y avait du thiéré au dîner. Un plat à base de couscous de mil, accompagné d'une sauce tomate pimentée à la viande et aux légumes, Lalla et Hamdine en raffolaient. Pour les anniversaires, leur mère préparait les plats préférés de chacun et achetait une brique de jus de fruits Présséa dans le but de marquer le coup.

Lalla, de même qu'Akil de son côté n'avait aucun appétit. Elle mangea peu, l'estomac noué comme un nœud papillon bien serré, mais mangea tout de même pour ne vexer personne.

Sa mère lui avait confectionné un magnifique collier de cauris*, qu'elle l'aida à porter à son cou.

— Ce collier est super beau, maman. Tu as dû te donner beaucoup de mal, s'étonna Lalla.

— En effet, ça m'a pris un peu plus de temps que d'habitude, répondit sa mère, mais je voulais t'en concocter un différent de ceux que je t'ai déjà offerts. Je te souhaite un très bon anniversaire ma fille. Tu grandis si vite !

Zeyna embrassa tendrement sa fille sur le front et débarrassa la table, laissant Hamdine se ruer vers la télé et Lalla s'installer en face à contrecœur. Elle ne se battit même pas avec son frère comme d'habitude pour avoir le contrôle de la télécommande, son esprit était ailleurs.

C'était une nuit claire et calme. Le manguier de la cour semblait porter précieusement la lune sur sa cime étalée, et les étoiles brillaient autour telles des poussières de Voie lactée. Plutôt que de se mettre au lit, Lalla traîna près de la fenêtre, attendant de voir sortir son ami et sa famille. L'attente fut longue, ce qui lui permit de s'évader dans ses pensées et d'y peindre une vie avec Akil. Ils auraient grandi ensemble, rempli plusieurs cahiers de définitions, auraient fait le tour du pays avec les chaussures magiques, et auraient fini par se marier au village. La cérémonie aurait été des plus festives et un kankourang* y aurait dansé et virevolté dans tous les sens. Et puis un jour, ils auraient eu des enfants aussi drôles et exceptionnels qu'Akil. Ce n'était plus qu'un ami qu'elle voyait partir, mais bien le garçon dont elle était tombée amoureuse, réalisa-t-elle. De toute façon c'était trop tard pour lui avouer, la porte de la maison d'Akil venait de s'ouvrir et Lamine le gardien l'aurait sermonné si elle avait tenté de sortir en pleine nuit pour le rejoindre.

La mère d'Akil sorti en premier, la lueur de la bougie qu'elle tenait laissait apparaître son visage angélique. Lalla l'avait toujours trouvé d'une beauté troublante, avec son long cou, sa peau délicieuse et son nez aquilin. Elle portait avec son autre main, un baluchon fait de pagne contenant certainement à sa forme irrégulière, des ustensiles de cuisine.

Puis, suivirent Akil et Adebola portant difficilement deux sacs de sport chacun pour les emmener à la voiture, le père quant à lui, avait un énorme bagage accroché à son épaule et portait la télévision. Il retourna dans la maison une dernière fois pour vérifier que rien n'y avait été oublié, tandis qu'Akil l'attendait debout derrière la porte.

Akil posa les sacs, et se tourna en direction de la fenêtre de Lalla. Il se baissa en s'inclinant sur le côté, prit appui sur sa jambe droite pliée, tendit la jambe gauche et le bras gauche sur le côté, et garda le bras droit en l'air. Il avait pris une pose de Kung-Fu un peu maladroite pour lui dire au revoir comme elle le lui avait demandé.

Lalla pouffa et porta ses deux mains sur sa bouche pour étouffer son rire.

— Akil, arrête de faire le pitre et va monter dans la voiture, chuchota son père. Il s'exécuta, et lança un dernier coup d'œil à son amie avant de s'enfoncer dans la Toyota grise.

L'échauffement

— Pousse-toi de là, tu vois pas qu'on joue ? vociféra un grand garçon courant derrière un ballon de foot en s'adressant à Akil.

Akil fit deux pas sur le côté et évita de peu la horde de joueurs qui galopait à la poursuite du garçon. Celui-ci tira du pied gauche et envoya le ballon droit dans les cages délimitées par deux canettes vides. Ses coéquipiers caracolèrent d'un bout à l'autre du terrain pour célébrer le but et en profiter pour mettre des tapes ici et là sur la tête d'Akil.

Akil s'écarta et pressa le pas pour rentrer en classe avant ses camarades. Pour la première fois depuis longtemps sa mère avait accepté qu'il entre à l'école, il était donc le dernier inscrit dans cette école publique à quelques pas de chez lui. Deux mois s'étaient écoulés et il n'arrivait toujours pas à s'intégrer. Les autres enfants se moquaient de lui, d'autres le craignaient et refusaient de s'asseoir à côté de lui et la bande du grand garçon l'embêtait constamment.

Un jour, cette même bande d'abrutis lui avait arraché son cartable pour le jeter dans un enclos crasseux avec des chèvres. « Tu dois aller étudier avec des animaux comme toi », avait lâché l'un d'eux avant de détaler en vitesse. Akil escalada l'enclos et se fit gronder par son propriétaire avant de pouvoir le récupérer. Et cela recommençait chaque semaine.

Les humiliations et les intimidations n'étaient pas toujours de la même violence, mais elles étaient déjà bien trop fréquentes. Il pleurait parfois dans un coin avant de rentrer chez lui et répondait le plus souvent par un simple « ça va » lorsque sa mère l'interrogeait sur ses journées d'école. Sa mère avait beau essayer de creuser, pressentant la souffrance à laquelle il faisait face, Akil refusait de dire quoi que ce soit, la laissant impuissante. Il se cloisonnait dans sa chambre et à coups de ciseaux et d'aiguilles se concentrait sur une paire de chaussures qu'il travaillait dans le seul but de parvenir à rejoindre Lalla qui n'avait jamais quitté ses pensées.

Lalla quant à elle découvrait un quotidien lent et sans nuances, rythmé par l'absence d'Akil et de son père. Elle s'enfermait jour après jour, dans sa petite bulle et passait même moins de temps avec Djoumi.

Les journées paraissaient plus longues, et la vie bien moins intéressante sans son ami. Désormais en classe supérieure, elle cherchait directement les définitions des mots dans le dictionnaire de l'école, et elle n'avait plus envie de jouer.

Après la toilette ce jour-là, elle retomba nez à nez avec les chaussures d'Akil en déplaçant un bidon. Elle s'était sentie coupable d'avoir hérité de celles-ci, comme si elle ne les méritait pas autant qu'Akil, et les avait stockées dans un coin de la chambre près de ces bidons d'eau que l'on devait remplir pour les fois où il y avait des coupures d'eau. Chose assez fréquente dans le quartier.

Un petit vent de nostalgie la parcourut, et les souvenirs en profitèrent pour s'inviter. Elle fit quelques pas dans la pièce, tournant en rond, et hésitante, puis finit par enfiler les chaussures pour se rappeler l'expérience. Sa mère étant assise dans le salon, elle fit mine d'aller dans la cour, derrière le manguier, et ferma les yeux pour être propulsée à Dakar, là où se rassemblaient tous les gens à la mode qu'elle voyait à la télé.

Elle rouvrit les yeux en plein centre-ville. Elle se trouvait sur un trottoir, un vrai trottoir sans sable. Des voitures allaient et venaient à toute vitesse. Une dame qui vendait des beignets chantait avec une voix terriblement aiguë combien ses beignets étaient délicieux et pas chers. Un homme à côté d'elle, un papier à la main, hurlait au téléphone une kyrielle de numéros, « 873-22-43 et non 53, le montant est de trente mil francs ».

Des enfants vêtus de haillons, pieds nus et remuants des boîtes de conserve vides la bousculèrent dans leur course. Ils cavalaient derrière une femme bien en chair, portant des lunettes de soleil et un sac de marque, pour lui demander de l'argent. La femme leur fit signe de déguerpir et se précipita vers une berline en stationnement.

Il y avait du monde partout, des vendeurs ambulants proposant toutes sortes de marchandises, même des plus étonnantes. Des personnes en fauteuils roulants frappaient aux vitres des voitures coincées dans les embouteillages, et récitaient des prières pour obtenir quelques sous. Des boutiques, des banques, des restaurants de tous les genres et de toutes les tailles jonchaient la rue. Tout allait très vite. Trop vite. Elle avait réussi à être projetée à des centaines de kilomètres de chez elle, elle qui n'avait testé les savates que sur de très courtes distances était stupéfaite.

C'était la première fois qu'elle voyait des panneaux publicitaires aussi conséquents. Le seul panneau qu'elle voyait près de son école était bien moins grand, avec pour unique affiche une femme au teint clair brandissant un pot de crème censé procurer à toutes les femmes le même teint orangé que le sien.

D'ailleurs, cette affiche était devenue un point de repère tant elle avait toujours été là-bas, on se donnait des indications comme « après l'arbre lièvre tu avances tout droit, toujours tout droit jusqu'au panneau Mama White ».

Tout était tellement différent de chez elle. Les gens ne s'arrêtaient pas pour prendre le temps de se saluer, ils marchaient dans tous les sens pour faire signe à un taxi de ralentir, acheter nourriture ou autres gadgets aux vendeurs ambulants, et remettre la monnaie aux mendiants qui les accostaient.

Elle traversa la rue, se figea pour observer la scène de plus loin, et assister à tout ce divertissement jusqu'ici peu commun pour elle.

C'était donc ça la ville. Une grosse ruche où se mêlaient bruits et odeurs, semblable à ce que l'on avait pu lui raconter. C'était fabuleux ! Elle déclina l'offre d'une vendeuse de cacahuètes caramélisées pour la deuxième fois et décida de rentrer chez elle malgré le rêve éveillé.

Les yeux rouverts, elle apprécia la qualité de l'air dans sa cour, bien plus respirable, et le silence. Rien que le silence.

Après la ville de Dakar et ses lumières, le parfum des arachides grillées mêlé à celui des vieux pots d'échappement et des relents de la corniche, la curiosité de Lalla était au plus haut point. L'envie irrépressible de voir d'autres villes la saisit.

Elle s'interrogeait sur les populations de l'autre côté des frontières. À comment ils vivaient, et si Akil et sa famille étaient parmi elles. C'était décidé, le lendemain elle se rendrait au Mali, après tout ce n'était pas si loin et sa mère en parlait souvent. Elle disait qu'à Bamako elle aurait vendu bien plus de bijoux et de pagnes, car les Maliennes étaient très coquettes.

Elle alla dans la cuisine, s'empara du grand mortier à deux mains, l'emmena dans la chambre de ses parents et le retourna pour y monter. Elle voulait récupérer les cartes et les encyclopédies de son père, perchées en haut de l'armoire en bois. Elle y tira un lourd tube en carton, posé sur un tas de vieux journaux, qu'elle alla ouvrir dans la cour. La poussière était si épaisse, qu'elle recouvrait l'ensemble du carton et gardait les empreintes de ses doigts. Futée comme elle l'était, elle le secoua face au vent, ce qui lui valut d'avaler une bonne quantité de poussière, d'avoir les yeux qui piquent, et de tousser à ne plus pouvoir respirer.

Il y avait à l'intérieur, en plus des cartes du monde, des photos au format poster de ses parents, de son oncle Maréna et de sa tante Mariam, habillés sur leur 31 et posant droit comme des piquets.

D'ailleurs, elle remarqua qu'il manquait des cartes, son père les avait très certainement emportées avec lui dans son périple. Il n'en avait laissé que deux dont la plus colorée, comme si elles avaient une valeur particulière à l'instar des vieilles photos.

Remise de son auto-attaque à la poussière, elle alla étaler la carte sur le bureau de son père et en bloqua les extrémités avec deux livres de médecine épais pour éviter qu'elles ne s'enroulent.

Elle cherchait sa place avec son doigt sur la carte du monde, elle était au milieu, car sur le continent africain, mais elle n'avait pas la même assurance sur sa position géographique au niveau du Sénégal, incertaine de se trouver au sud-est ou au nord-est du pays.

Sa prochaine étape serait le Mali, et Bamako pour être plus précise. Elle entoura le pays de manière approximative avec un crayon après avoir identifié sa position, pleine d'enthousiasme à l'idée de découvrir cette ville que sa mère adulait. Elle plia la carte en huit pour aller la glisser dans son cartable, et remit le mortier à sa place d'origine.

Pendant le dîner, elle demanda à nouveau à sa mère de lui raconter Bamako, et Zeyna vanta comme chaque fois la splendeur de cette ville, aussi riche historiquement que culturellement, sans s'épuiser.

Une fois dans son lit, elle trépignait à l'idée de s'y retrouver le lendemain, sans que sa mère ne le sache. Elle imagina toutes ces contrées qu'elle pourrait découvrir et pensa amèrement à ceux dont elle aurait aimé connaître la localisation pour pouvoir les rejoindre. Akil, son père, tous deux perdus quelque part sur cette carte. Elle irait sans doute au Togo, se dit-elle.

L'aventure pouvait commencer...

La bonne étoile

Au moment de quitter la maison avec sa petite équipe, Zeyna glissa son index à l'arrière du col de Lalla, et le crocheta pour la retenir, telle une pauvre carpe hameçonnée qu'elle prévoyait de cuisiner dans une bonne sauce kaldou*.

— Où comptes-tu aller avec ces chaussures aux pieds Lalla ? lança Zeyna, les yeux rivés sur les savates.

— Je vais à l'école ! Ce sont les chaussures qu'Akil m'a données, elles ne sont pas très jolies je te l'accorde, mais elles sont si… confortables. Oui c'est ça, elles sont confortables ! répondit Lalla d'une voix peu convaincante.

— Et moi, elles me mettent dans une position inconfortable !

Elles rirent toutes les deux.

— Ma chérie, reprit Zeyna, je sais qu'elles ont une valeur affective pour toi, mais tu es d'accord qu'en plus de mourir de chaud avec, elles ne vont pas du tout avec ta robe, n'est-ce pas ? Va donc porter les belles sandales violettes que je t'ai achetées.

— Mais maman, j'aime bien les porter moi.

— Je ne dis pas le contraire, mais pas pour te rendre à l'école. Penses-tu à ce que les gens diraient en te voyant avec de telles godasses ? Que depuis que ton père est parti, nous sombrons dans la misère et que je suis incapable de fournir des tenues décentes à mes enfants. C'est ça que tu veux Lalla ? Que tout le monde pense que ta pauvre mère ne s'occupe pas bien de vous ?

Touchée ! Elle savait quoi dire et comment le dire pour faire culpabiliser sa fille.

— Non c'est pas ce que je veux, murmura Lalla la tête baissée. Je vais changer de chaussures.

Elle avait placé les savates au fond de son cartable, sous ses livres, pour pouvoir les chausser après l'école, et se rendre à Bamako. Elle glissa les pieds dans les sandales pourpres et rejoignit sa mère et son frère.

— Voilà qui est beaucoup mieux ! s'exclama Zeyna. Va juste mettre un peu de crème, ils sont tout gris tes pieds.

— Mais ça ne sert à rien, ils seront déjà pleins de sable le temps que j'arrive aux Gazelles.

— C'est pas une raison, dépêche-toi et comporte-toi comme une grande s'il te plaît.

Lalla prit une noisette de Cocoa Butter*, la frotta dans ses mains, et passa les doigts entre les brides des sandales pour éviter de les retirer complètement, et atteindre les parties les plus visibles. Une mission mal réalisée, car en ressortant Zeyna remarqua les zones partiellement luisantes de sa peau noire, mais pressée et déjà fatiguée par cette lutte elle ferma la porte à clé derrière eux.

— Bonne journée et bon courage, ma fille, et rentre au plus vite après l'école.

— Oui m'dame.

Elle emprunta son chemin, un large sourire aux lèvres et les yeux brillants d'excitation. Zeyna remarqua ce regain d'énergie sans trop comprendre comment on pouvait passer aussi soudainement du dédain à la joie puis prit la route.

La journée sembla interminable. La professeure Djitté parlait d'une voix monocorde et nasale, et sa manière de faire traîner les syllabes irritait les élèves.

En ce jour précis, tout paraissait plus long. L'heure traînait des pieds, les minutes étaient fainéantes, et les secondes se déplaçaient au ralenti. Tout, était, au ralenti.

Lorsque Madame Djitté prononça la fameuse formule libératrice « le cours est terminé pour aujourd'hui », Lalla fit un bond de sa chaise, bouscula accidentellement une camarade, et manqua de trébucher en sortant de la salle de classe.

Elle fit le tour du bâtiment pour s'installer sur les petits bancs à l'abri des regards, enfila les savates et fourra grossièrement les sandales dans son cartable. Djoumi tenta de la rattraper et assista à la scène bouche bée sans que Lalla ne l'ait vu. Elle partit pour Bamako.

Même niveau sonore qu'à Dakar. Les gens se confondaient, et quelques femmes tenaient sur la tête, avec un équilibre parfait, des plateaux de marchandises ou des sachets de pain brioché, et une symphonie de klaxons accompagnait le décor en mouvement. Il y faisait aussi chaud qu'à Goudiry, une température avoisinant les quarante degrés. Lalla avait atterri sur des dalles marron et lisses. Elle se retourna pour découvrir trois marches rouges menant à la sculpture en acier d'une femme sur les genoux, les mains levées vers le ciel, devant le corps sans vie d'un enfant.

Au second plan, un grand tableau surplombait un édifice arqué. Il illustrait le visage en larmes d'un jeune garçon, le front ensanglanté, au-dessus d'une foule brandissant des banderoles. Elle apprendrait plus tard qu'il s'agissait du monument des Martyrs. Plusieurs jeunes maliens avaient manifesté en faveur de la démocratie, et bon nombre d'entre eux y avaient perdu la vie. Ce monument leur rendait hommage.

En plein cœur de Bamako, son enthousiasme à son paroxysme, et sans savoir dans quelle direction aller, elle suivit une jeune femme au boubou infiniment coloré. Celle-ci avait une façon de rouler les hanches lui donnant l'impression de danser, et un foulard attaché grossièrement glissait de ses cheveux défrisés. Elle traversa la place, leva son sac à main en l'air avec sa main droite pour que les voitures la laissent passer de l'autre côté, et s'enfonça dans une allée noire de monde, un immense marché s'étalant sur plusieurs rues.

L'endroit regorgeait d'innombrables tissus, de sculptures, de bijoux, de produits de beauté et d'encens parfumés.

Des bijoux en argent gravés et ornés de pierres pour certains avaient attiré l'attention de Lalla. Elle s'approcha du stand et demanda le prix de la bague au vendeur, un homme assez grand à la peau couleur tabac et un foulard écru enroulé autour de la tête. Il présentait une amulette à une femme, et ne répondit pas à Lalla, si toutefois il avait entendu sa petite voix dans tout ce vacarme.

Un jeune garçon l'interpella en bambara, mais elle l'informa en français qu'elle n'était pas de là-bas et que par conséquent, elle ne comprenait pas le bambara.

Il reprit donc en wolof :

— Ah, je vois, une touriste du pays voisin. Laquelle de ces merveilles te ferait plaisir ?

— Je voudrais savoir combien coûte la bague ornée de la grosse pierre bleue, s'il te plaît. Indiqua-t-elle en montrant celle-ci du doigt.

— Combien voudrais-tu payer, voisine ? dit le garçon, le ton séducteur.

— Comment ça combien voudrais-je payer ? répondit-elle avec une expression rusée. C'est toi le vendeur. C'est à toi de me proposer un prix, pour qu'à mon tour je puisse négocier à la baisse, et qu'on s'accorde sur un prix raisonnable. C'est la règle du marché !

— 50 000 francs alors !

— Quoi ? Mais c'est du vol. S'indigna-t-elle. Tu ne respectes toujours pas la règle. Tu dois proposer un prix correct je te rappelle.

Le garçon se mit à rire.

— Je plaisante enfin. On ne vendrait pas grand-chose à un tel prix. Tu veux l'acheter pour qui cette bague ?

— Pour ma mère, lui retourna Lalla. Elle l'adorerait, j'en suis sure.

— Dans ce cas, ton prix sera le mien. Quel qu'il soit.

Elle le dévisagea en plissant les yeux, tant la proposition lui parut étrange.

— C'est une astuce de commerçants à Bamako, pour mieux tromper les clients ? demanda-t-elle sur un ton sarcastique.

— Non, dit-il calmement, c'est juste que ta mère doit mériter ce bijou s'il te plaît autant.

— Même pour 100 francs tu me le vendrais ? Le prix d'un paquet de biscuit ? Les yeux écarquillés.

— Si c'est tout ce que tu peux payer, alors d'accord.

Elle réfléchit à un prix en tirant sur les lanières de son cartable et lança :

— Je l'achète pour 1 000 francs dans ce cas. Je reviendrai l'acheter demain, car je n'ai pas la somme sur moi.

— OK !

Le garçon glissa la bague dans une bourse en toile à rayures vertes et marron, tira sur les ficelles pour la fermer, et la tendit à Lalla.

— Je ne peux pas payer tout de suite, dit-elle en lui repoussant gentiment la main.

— Je l'ai bien compris, alors pars avec, et viens me payer demain. Je serai au même endroit, rétorqua-t-il.

— Et si je ne revenais pas ? Si j'étais une fille malhonnête ? Tu aurais des ennuis.

— Je sais que tu reviendras, dit-il avec assurance, alors je t'attendrai ici même.

Elle le remercia, mit le bijou dans son sac et regarda attentivement autour d'elle pour trouver un point de repère ;

— C'est Ayyur mon prénom. Si tu ne me vois pas, tu peux juste appeler mon nom et je viendrai te trouver d'accord ?

— Entendu ! À demain Ayyur, et encore merci, dit-elle en cherchant du regard un moyen de sortir du marché.

— À demain, Lalla.

Elle bloqua un instant, car elle ne se souvenait pas s'être présentée puis repartie.

— Tadaaaa ! s'écria Lalla, en soulevant le gobelet en acier pour dévoiler le bijou. Elle avait vu cette scène dans une télénovela et voulu la recréer pour surprendre sa mère.

— Waw ! Une bague Touareg. S'exclama Zeyna. Comme elle est magnifique. Elle l'attrapa délicatement avec son pouce et son index et la plaça sous la lumière.

— Regardez-moi ce beau travail, reprit-elle le regard pétillant. Ces ornements d'une régularité déconcertante, et les rainures de la pierre. Elle a une histoire cette pierre, c'est sûr. C'est ce qu'on appelle de l'orfèvrerie les enfants.

— Je savais que tu l'aimerais, dit Lalla.

— Elle est parfaite, merci, ma chérie. D'ailleurs, où t'es-tu procuré cette merveille ? Ça coûte plutôt cher.

— Trouvée, répondit-elle nerveusement.

— Trouvée ? dit Zeyna l'air curieux. Et tu l'as trouvée où ?

— Sur le chemin en rentrant de l'école, balbutia-t-elle en fixant la table.

Sa mère lui jeta un coup d'œil, peu convaincue, et elle sentit le stress l'envahir. Elle transpirait à grosses gouttes, et avait des coups de chaud à faire braiser un poulet, chaque fois qu'elle mentait à sa mère.

— Bien, ajouta Zeyna. Je l'exposerai au marché, et si sa propriétaire la réclame je lui rendrai la bague. Il faudra juste que je trouve un moyen pour que l'on comprenne qu'elle n'est pas à vendre.

Lalla profita de cet instant de réflexion pour embrasser sa mère, et se précipiter dans sa chambre, afin d'éviter toute autre question embarrassante.

Il fallait qu'elle soit plus intelligente les prochaines fois. Elle allait devoir limiter les objets rapportés pour ne pas éveiller les soupçons et se trouver à nouveau dans une telle situation. Elle eut envie de retourner vers sa mère pour tout lui raconter sur les sandales comme elle l'avait fait avec Djoumi et même les lui prêter quelques fois, mais elle se ravisa. Et s'il lui arrivait malheur dans un autre pays par sa faute, qui s'occuperait de Hamdine et d'elle ? s'interrogea-t-elle. Elle y repenserait plus tard.

Elle piocha dans sa boite de conserve, une vieille boîte rouillée de tomate concentrée lui servant de tirelire, et en tira une poignée de pièces de 100 francs. Elle en compta dix qu'elle rangea dans son cartable pour ainsi payer Ayyur, et se mit au lit.

— Ayyur ? appela-t-elle d'une voix hésitante, face à l'étal de bijoux.

— Me voici. Dit-il en surgissant derrière elle.

Elle sursauta légèrement et se tourna vers lui.

— Tu m'as fait peur, dit-elle. Tu m'avais vu avant ?

— Oui en quelque sorte, répondit-il.

— J'ai les 1 000 francs que je te dois. Elle fit pivoter son cartable à l'avant de sa poitrine, ouvrit la petite poche à fermeture éclair et sortit les pièces. Le compte y est normalement, dit-elle en les versant dans la main tendue d'Ayyur.

— Merci Lalla. Si elle a plu à ta mère, c'est le principal.

— Oui, elle l'a tellement aimée qu'elle aurait pu nous en parler pendant des heures. Elle fabrique des bijoux elle aussi, alors quand le travail est bien fait, elle est complètement en extase.

— Reviens avec elle, on pourra lui montrer comment les réaliser.

— Bah en fait je n'ai même pas le droit d'être là, elle ne le sait pas.

— J'imagine ! Je peux t'apprendre comment les faire à toi, si tu le souhaites.

— J'aimerais bien, répondit-elle, mais je n'ai pas beaucoup de temps pour apprendre, je n'ai qu'une trentaine de minutes par jour.

— On fera avec, tu verras. Par contre, je ne serai pas toujours au même endroit, dit-il en retroussant les manches de son qamis* bleu.

— Si vous changez d'emplacement dans le marché, il faudra juste me le dire la veille, et je me débrouillerais.

Ayyur lui fit un large sourire, attendri par sa naïveté.

— Non Lalla, il ne s'agit pas de ça. Nous sommes des Touaregs, des nomades, et nous nous déplaçons assez souvent. Ces bijoux que ta mère et toi aimez tant sont des spécialités de chez nous.

— Oui c'est ce que maman m'a dit.

— C'est très bien, alors si tu veux maîtriser le savoir-faire, il va falloir me suivre et bien travailler. Te sens-tu prête pour ça ?

Elle sortit le cahier des définitions de son cartable, toujours placé sur sa poitrine, et demanda à Ayyur de se retourner qui s'exécuta aussitôt. Elle posa le cahier sur le dos de celui-ci pour lui servir d'appui, et y griffonna quelque chose.

— Comment écris-tu le mot touareg ? demanda-t-elle.

Il lui épela doucement, et enthousiaste, elle écrivit toutes les informations qu'il lui donnait.

— C'est parfait, dit-elle en refermant son cahier, merci beaucoup.

— Je t'en prie. Viens voir ce qu'on a derrière.

Elle fit le tour de l'étal avec lui et s'arrêta face à l'homme au foulard.

— Voici mon cousin M'hand, mais tu peux dire Mohand si tu as du mal à le prononcer comme moi. M'hand voici mon amie Lalla, elle va fabriquer des bijoux avec nous pendant quelque temps.

— Bonjour Monsieur. Ravie de faire votre connaissance, dit-elle timidement.

— Monsieur ? Je n'ai que vingt ans alors on va attendre un peu avant de m'appeler Monsieur, répondit-il l'air sympathique. Enchanté Lalla, en hochant la tête pour la saluer.

— Pardon, mais vous êtes si grand. Et puis avec votre voix grave et votre foulard…

Mohand l'interrompit.

— Et on va se tutoyer Lalla si ça te convient. Parce qu'avec cette façon que tu as de t'adresser à moi, j'ai l'impression d'être un vieux père.

Il retira son chèche, et dévoila des cheveux coupés très court et un cou gracile plus clair que son visage, lui donnant une allure féminine. Il sortit un pendentif en argent d'un bocal en argile couleur rouille, et ramassa un morceau de papier de verre sur la table.

— Celui-ci est presque terminé, dit-il en présentant le bijou, je n'ai plus qu'à le polir pour qu'il brille, et ajouter un cordon en cuir pour finir ce collier. Tu veux t'en charger ?

Lalla lança un regard à Ayyur qui lui fit un oui de la tête. Mohand lui montra la technique et le sens dans lequel poncer et elle s'exécuta. Son initiation à l'orfèvrerie touareg commençait.

Les mois qui suivirent, elle avait appris à faire fondre les pépites d'argent dans le charbon ardent, à mouler, et à graver quelques bijoux, avec l'aide des deux garçons à Bamako. Elle s'était brûlée certaines fois avec les éclaboussures quand ses copains battaient le métal chaud, et les brûlures lui avaient laissé quelques cicatrices. Mohand lui montrait les siennes en guise de compassion, tandis qu'Ayyur n'en avait aucune, il devait être bien plus habile qu'eux, pensait-elle.

Elle les avait rejoints à différentes étapes de leur voyage, peu de membres de la famille d'Ayyur l'avaient interrogée sur le moyen qui le lui permettait, chose plutôt étrange. Elle se cachait donc certaines fois pour fuir les interrogatoires et elle communiquait désormais avec les quelques mots de tamashek* qu'elle connaissait. La tante d'Ayyur lui conseillait néanmoins de ne pas faire confiance à n'importe qui. Une jeune fille ne devait pas vagabonder de la sorte sans adulte lui rappelait-elle. Ayyur venait à sa rescousse en affirmant qu'il se portait garant de sa sécurité et qu'il était sûr que Lalla retrouvait sa maison à chaque fois.

— Tu devrais faire un petit bout de chemin avec nous dans le désert, dit Ayyur.

— Mais je n'aurais pas le temps d'apprécier l'aventure que je devrais rentrer chez moi, répondit Lalla.

— Alors monte au moins sur le dos du dromadaire pour être une véritable Touareg. Tiens, dit-il en lui tendant la laisse, essaye.

Lalla hésita. Elle leva la tête pour vérifier la hauteur de la selle sur l'animal, et prit peur.

Ayyur et Mohand la rassurèrent, Ayyur monta d'abord pour lui montrer comment s'y prendre, et elle finit par monter. À peine installée sur la selle, un pickup roulant à tombeau ouvert, rempli à ras bord de personnes à la peau noire, les dépassa. Certaines s'agrippaient aux barres pour ne pas tomber du véhicule, tandis que d'autres baissaient la tête pour ne pas recevoir les rafales de sable dans le visage. Elle se demanda pourquoi aucun d'eux n'était équipé de chèches et continua son initiation au dromadaire, jusqu'à ce que l'animal stressé par le véhicule plie les pattes avant pour s'arrêter net. Lalla perdit l'équilibre et tomba la tête en avant.

Lorsqu'elle se releva, une égratignure sur le haut du front, Ayyur s'empressa d'appuyer dessus avec un morceau de toile pour réduire les saignements, et l'inviter à retenter l'expérience une prochaine fois.

— Ah non hein, dit-elle en rouspétant, c'est trop dangereux pour moi, je te l'avais dit Ayyur.   — Arrête de bouger il faut que je te soigne.

— Je n'en ai rien à faire que tu me soignes, dit-elle avec une voix bien plus posée, tout ça, c'est parce que…

Elle s'évanouit avant d'avoir pu finir sa phrase. Le choc de la chute avait été légèrement plus violent qu'ils ne le pensaient tous.

Elle rouvrit les yeux dans une tente, et Mohand lui proposa un peu d'eau à boire dans une grosse tasse en acier tout en lui demandant son état.

— Ça va, merci, répondit-elle en se redressant.

— Tu nous as fait une frayeur, tu t'es évanouie une première fois, et ensuite nous t'avons laissé te reposer un peu.

Elle sursauta aussitôt et se confondit en excuse avant d'ouvrir la tente et de constater qu'il faisait nuit.

— Il faut que je rentre, ma mère va me tuer, elle doit être morte d'inquiétude.

— Mais non ne t'inquiète pas, Ayyur va….

Elle avait déjà quitté les lieux.

— Maman je t'assure que je n'ai pas vu le temps passer, dit-elle en fonçant droit vers Zeyna dans le salon, on a voulu essayer un nouveau jeu avec mes camarades après l'école, et puis je me suis cognée et il a fallu me soigner, et le temps que je remarque….

— Oula ! Calme-toi ma fille, fais-moi voir cette blessure, dit Zeyna tranquillement.

— Je te promets que je ne rentrerai plus jamais aussi tard.

— Bon, ça va, ce n'est qu'un petit bobo, et tu n'as que quelques minutes de retard, ce n'est pas la mer à boire. J'ai décidé de te faire confiance pour jouer avec tes camarades après les cours, si tu penses que tu vas avoir du retard tu me préviens le matin avant de partir, pour éviter que je ne m'inquiète et tout se passera bien.

— Quelques minutes ? répéta-t-elle perturbée. Elle retourna rapidement dans la cour pour constater qu'il faisait encore jour.

Zeyna la rejoignit dehors, et retira sa montre pour la donner à sa fille. Une vieille montre en plastique carrée de la marque Casio que son époux lui avait offerte lorsqu'ils étaient jeunes.

— Voilà, avec ça tu n'as plus d'excuse, dit-elle en réglant la montre sur le poignet de Lalla. Elle remarqua une cicatrice de brûlure sur son avant-bras. Et comment tu t'es fait ça ? Tu as été brulée ici.

— Euh c'est quand je suis passé à côté des éclaboussures de…

— De Monsieur Faty quand il bat le fer pour ses nombreux bricolages ? Pourquoi étais-tu si près ?

— Euh… en fait je...

— Quoi tu as perdu ta langue ? De toute façon j'irai lui dire deux mots.

— Non, maman, c'est de ma faute. C'est moi qui me suis approché du feu, ne va pas le voir s'il te plaît.

Zeyna eu un moment d'incompréhension, jeta un nouveau un coup d'œil à l'avant-bras et à la brûlure cicatrisée et reprit avec un ton plus calme.

Si tu le dis. La prochaine fois je t'emmène pour aller le voir et le gronder quoi que tu dises. Et puis tu surveilleras l'heure pour arriver à temps, d'accord ?

— D'accord merci, maman, mais je ne comprends pas…

Je veux dire il faisait nuit et là il fait jour alors qu'il faisait nuit juste avant…

— Tu t'es bien cogné la tête on dirait, hein ? l'interrogea Zeyna suspicieuse.

— Non, mais c'est pas ça, vraiment il faisait nuit.

— OK, va te laver et garde la montre avec toi pour vérifier l'heure dorénavant.

— Et toi comment tu vas faire ?

— J'ai l'heure sur mon portable.

Lorsqu'elle revit Ayyur quelques jours plus tard, elle lui raconta son étrange expérience, et il s'en amusa. Il ne lui posait pas de question, et elle eut le sentiment, sans jamais oser lui demander, qu'il savait à propos des savates. Il lui affirma que la chamelle responsable de sa chute serait vendue à Tamanrasset en Algérie, et qu'elle pourrait les rejoindre si elle le souhaitait. Elle accepta. C'est lorsqu'elle les rejoignit qu'elle se sentit prête à lui raconter son secret. Mais Ayyur ne fut pas même surpris, et lui avoua qu'il l'avait su dès le début...

Le supporter

Nous étions en février 2010 et Lalla allait avoir quatorze ans deux mois plus tard. Le soleil cognait de toutes ses forces, le sable brûlait les pieds du mieux qu'il le pouvait, mais le vent ne soufflait que légèrement ce jour-là. Elle déroula le chèche de sa tête, et plaça sa main en visière pour chercher Ayyur. Elle l'aperçut au loin racontant quelque chose à l'oreille d'un garçon de sa taille, et à la peau moins bronzée que lui. Ils semblaient tous les deux très complices, se tenaient par l'épaule, et s'esclaffaient en même temps, manquant de perdre l'équilibre si l'un d'eux se dérobait.

Elle observa la scène avec curiosité, puis Ayyur se rapprocha d'elle et l'invita à le suivre pour lui présenter Nabil, son ami de longue date avec lequel il faisait du troc, comme leurs deux familles le faisaient depuis toujours. La famille d'Ayyur donnait des dattes, des fruits et des chameaux à la famille de Nabil, qui en échange leur remettaient des selles de chameau, des fourreaux pour poignards, de la maroquinerie, et parfois même directement des peaux de bête.

Nabil vivait à Tamanrasset, une ville au sud du désert Algérien, l'étape finale du voyage d'Ayyur avant son retour sur Bamako. Tamanrasset était une ville hors du temps où des maisons en pierre, des dunes interminables et des personnes en tenues traditionnelles cohabitaient parfaitement. Lalla tomba sous le charme de la ville et revint passer du temps jour après jour avec Nabil, son nouvel ami.

Nabil lui apprit à parler l'arabe, à tanner le cuir, et à prendre soin des peaux de chèvre et de mouton, bien plus nobles que celles de dromadaire. Il lui montra comment obtenir des colorations naturelles à base de menthe pour la couleur verte, de khôl* pour obtenir du noir, ou encore de henné pour la couleur orange. Mais le vrai talent de Nabil était de confectionner des sacs, des chaussures tout comme Akil et bien d'autres accessoires. Les hommes de sa famille se contentaient depuis des générations de fabriquer de la maroquinerie pour l'utile, tandis que les gravures, les ornements et les broderies étaient réservés aux femmes. Il fabriquait ses merveilles à l'abri des regards et demandait à sa sœur de les faire passer pour siennes afin de les vendre sur le marché. Les créations de Nabil se vendaient comme des petits pains !

— Tu es prêt à voir le plus beau sac que tu aies jamais vu ? lança Lalla en gloussant, cachant le sac qu'elle avait fabriqué derrière son dos.

— Oui je suis prêt, répondit Nabil amusé, montre-moi que tu as été une bonne élève.

Elle présenta le sac, une grande besace à bandoulière couleur Camel, sur laquelle elle avait gravé ses initiales.

— Alors ? dit-elle d'un air triomphant.

— Alors, répondit Nabil en examinant le travail, le sac est réussi. Je trouve juste dommage qu'il ne soit pas plus coloré et que tes initiales ne soient pas droites. Mais comme tu as une démarche un peu penchée, ça ne se verra pas !

Ils rirent tous les deux et elle enfila le sac autour de son épaule.

— Pourquoi tu ne dis pas à ton père que tous ces trucs que vous vendez si bien sont principalement tes créations ? Tu es vraiment doué Nabil.

— Il ne l'accepterait jamais Lalla. Ce n'est pas un travail viril de faire des sacs et des chaussures dont les femmes raffolent selon lui.

— Viril ? demanda-t-elle cherchant son cahier des définitions.

— Oui viril, propre à l'homme, au mâle quoi. Si j'étais à Alger ou à Tripoli en Libye, je pourrais devenir un grand couturier, c'est sûr. Il paraît que dans ces grandes villes, les gens dépensent sans compter et qu'on peut y devenir très riche.

— Et ta mère, qu'est-ce qu'elle pense de tout ça ? dit-elle en griffonnant.

— Je ne sais pas. On discute très peu tu sais, répondit-il l'air triste. Elle peut parler avec Ayyur pendant des heures, mais pas avec nous, ses propres enfants.

— Ah bon ? Et pourquoi Ayyur ?

— Car il est toujours là quand on a besoin de lui. Il nous protège et il nous a toujours protégés.

— Je ressens exactement la même chose. Il est comme… mon ange gardien. Je lui dis souvent et ça le fait sourire, ni plus ni moins.

— C'est normal, Ayyur est un djinn. Un djinn du désert.

— Un djinn ? Mes parents nous ont toujours dit que les djinns étaient de mauvais esprits, qu'il fallait s'en protéger.

— Ils ne le sont pas tous justement. Il y en a des gentils, et Ayyur est l'un d'eux.

Elle s'assit sur le tapis au sol, abasourdie, prit sa tête entre ses mains, et se mit à réfléchir en silence.

— Mais il est pourtant bien réel ? dit-elle en relevant la tête. Je veux dire qu'il a bien un corps, une voix, enfin nous l'avons déjà touché.

— Bien sûr, je te rassure, tu n'es pas dingue. Les djinns peuvent prendre une forme humaine, et Ayyur a pris l'apparence d'un ado de 14 ans. Il a toujours eu 14 ans d'ailleurs, répondit Nabil.

— Est-ce que lorsque tu as besoin de lui, reprit-il, et que tu l'appelles, quel que soit l'endroit, il apparaît ?

— Oui…, dit-elle d'une petite voix.

Et les souvenirs se mirent à défiler dans sa tête. Elle comprit que si Ayyur n'avait ni cicatrices ni brûlures lorsqu'il forgeait, c'est parce qu'il n'était pas comme elle. Elle se rappela leur première rencontre, il savait qu'elle reviendrait vers lui, et l'avait appelée par son prénom alors qu'elle ne s'était pas présentée. Il ne lui avait jamais non plus demandé comment elle se déplaçait aussi vite, c'était elle qui avait fait le choix de partager son secret avec lui. Il devait savoir que ses chaussures étaient magiques. C'était donc vrai. Ayyur était un djinn. Elle l'appela, et un petit vent de sable le fit apparaître aussitôt dans la pièce à côté de Nabil.

Elle se redressa en reculant doucement, l'air horrifié, jusqu'à heurter le mur avec son dos.

— Ne me dis pas que tu as peur de moi Lalla, dit Ayyur en souriant. Ce n'est que moi ! Nabil alla prendre sa main tremblante pour la rassurer, et avança avec elle jusqu'Ayyur.

— Maintenant que je lui ai tout dit sur toi, dit Nabil à Ayyur, tu peux lui dire ce que tu sais de son avenir, comme tu l'as fait avec moi ?

— Bien sûr. Quelle est ta question Lalla ? demanda Ayyur d'une voix douce.

Elle respira calmement pour sortir de son mutisme, recouvrit la main de Nabil avec son autre main, et demanda à Ayyur si elle allait parcourir le monde.

— Oui tu le feras, mais pas comme tu l'imagines, répondit Ayyur.

— Quand vais-je revoir mon père ? ajouta-t-elle aussitôt.

— Tu n'as le droit qu'à une seule question Lalla, dit Nabil, je suis navré j'aurais dû te le dire avant que tu ne la poses.

— Mais pourquoi ? dit-elle à Ayyur en libérant ses mains. Pourquoi n'être limité qu'à une question si tu as ce don ? C'est débile.

— Calme-toi Lalla, t'abuses, dit Nabil en fronçant les sourcils.

— Non, mais c'est vrai quoi, c'est ridicule.

— Car je ne dois pas avoir d'impact sur ton destin. Voilà pourquoi, répliqua Ayyur. Lorsque ça me paraît nécessaire, je peux donner quelques conseils sur les évènements à venir dont je suis au courant, mais je ne modifie rien au futur. C'est comme ça !

Ayyur se rapprocha d'eux, passa la main dans le dos de Nabil et prit la main de Lalla.

— La nouvelle que vous apprendrez demain ne sera pas bonne, mais tout ira bien les amis. Ne laissez jamais tomber vos rêves, et soyez reconnaissant envers vos pairs. Je dois retourner auprès de Mohand, mais si vous avez besoin de moi, vous savez quoi faire.

Et il disparut comme il était venu.

Lalla et Nabil discutèrent de tout cela pendant de longues minutes, se firent une accolade, et elle rentra chez elle décontenancée par ce qu'elle venait de vivre. Les mots d'Ayyur sur son avenir proche résonnaient sans cesse dans sa tête. Elle se demanda si quelque chose de grave allait arriver à sa famille ou si son secret allait lui apporter des ennuis. Elle médita jusqu'à s'endormir en pensant à son père.

Tout le monde s'affolait. Les marchands des étals voisins entraient et sortaient de chez Nabil, en apportant des offrandes telles que de la nourriture et des boissons. Lalla pénétra dans la maison, observa la pièce principale et vit Nabil de dos, les épaules qui tressautaient tant il sanglotait. Ses sœurs semblaient avoir le même chagrin, et se prenaient dans les bras laissant éclater leurs pleurs, tandis que sa mère stoïque et de marbre recevait les bises et les prières des visiteurs. La nouvelle à laquelle faisait référence Ayyur était tombée, et il s'agissait d'une mauvaise nouvelle : le père de Nabil était sur le point de mourir. En se rendant à Tindouf, sa voiture avait percuté un chameau à pleine vitesse, le choc l'avait grièvement blessé et tué l'animal sur le coup. Lalla s'assit en tailleur à côté de Nabil, il la regarda avec un air reconnaissant, et essuya ses larmes. La présence de son amie dans cette épreuve le réconfortait au plus haut point.

— Comme il était désagréable ce client, dit Lalla en replaçant la marchandise correctement.

— J'étais certain que tu allais le relever. Je te connais tellement bien, répondit Nabil en comptant l'argent qu'il venait de recevoir.

— Mais tu ne trouves pas toi ? Et « faites-moi ci » et « faites-moi ça », pour qui il se prend à la fin ?

— C'est le Cheikh Sidi Saïd. C'est un homme très riche qui vient de Mauritanie. Chaque fois qu'il est à Tamanrasset, tous les commerçants se passent le mot, car il achète énormément. M'as-tu déjà vu vendre autant de choses à un client avant lui ?

— Non jamais.

— Eh bien voilà pourquoi. Alors tu lui souris comme tout le monde, et tu lui donnes ce qu'il veut, même s'il s'agit de ta tête dans un plat à tajine, dit-il moqueur.

Nabil était devenu le pilier de la famille depuis que son père était handicapé. Il avait miraculeusement survécu à l'accident, mais ne pouvait plus utiliser ses jambes, et un de ses bras n'avait plus la même force qu'avant. Il avait réalisé l'importance de l'amour qu'il portait à ses enfants, et encourageait depuis son fils à créer ce qu'il aimait. Il s'était toujours douté que c'était lui derrière les belles pièces qui se vendaient par dizaines. Nabil se mit à vendre lui-même ses magnifiques maroquineries, sous le regard dédaigneux de ses oncles.

Lalla observa les chorégraphies des marchands, se pliant en quatre pour plaire au Cheikh Sidi, et remarqua les deux garçons noirs derrière lui, poussant chacun péniblement une brouette remplie d'objets en tout genre.

— Tu te demandes qui sont les garçons avec lui, n'est-ce pas ? demanda Nabil.

Elle se tourna vers lui et lui fit un oui de la tête.

— Ce sont... des servants qu'il a achetés pour faire ce travail, reprit-il d'une voix éteinte en regardant le sol.

— Acheter des servants, c'est-à-dire ? répondit-elle, perplexe.

— Des personnes qu'on achète pour travailler, mais qu'on ne paye pas.

— Comme des esclaves ?

— Comme des esclaves.

— Mais c'est scandaleux, protesta-t-elle.

— Chuut ! répliqua Nabil en chuchotant. Je sais Lalla, mais ça existe encore dans certaines régions malheureusement, et c'est répandu en Mauritanie. Mon père et ses amis font partie de ceux qui disent qu'il faut y mettre fin, mais c'est un long combat, tu sais.

L'un des deux garçons se retourna et la fixa, le regard creux et le visage émacié, comme pour lui envoyer un appel à l'aide. Elle le suivit du regard, le sang figé et les bras tombant le long de son corps synonyme de son impuissance, jusqu'à ce que le haut de sa tête disparaisse au bout de l'allée. Elle n'oublia jamais ce visage qui lui fit prendre conscience que la liberté n'est pas toujours donnée.

La Coéquipière

— Ce n'est pas parce que tu as eu quelques expériences racistes que toutes les personnes blanches ou plus claires de peau que toi le sont forcément Lalla. Lança Zayane, une robe blanche pleine de broderies dans les mains. Nisreen n'a absolument rien contre ta couleur de peau, tu peux en être sûre.

— Alors pourquoi est-elle si désagréable avec moi ? Je ne lui ai rien fait à cette fille. Répliqua Lalla assise en tailleur sur le grand lit de Zayane.

— Elle est ma meilleure amie depuis que nous sommes toutes petites, alors elle peut paraître possessive parfois. D'ailleurs, Habib pensait comme toi au départ. Il pensait qu'elle ne l'aimait pas. Mais aujourd'hui ils sont copains, alors laisse-lui un peu de temps.

Zayane passa la robe, celle-ci étant très longue, elle demanda à Lalla, la tête coincée dans le vêtement, de l'aider à l'enfiler.

— Ouf ! Merci, reprit-elle en libérant son visage, j'ai cru que j'allais m'étouffer dans cette robe.

— Tu es tellement belle avec, répondit Lalla pleine d'admiration.

— Merci ma Lalla, dit Zayane en plaçant au niveau de sa taille, une large ceinture ornée de toutes les couleurs, en rappel avec les broderies de la robe. Je te la prêterai si tu veux, et tu seras encore plus belle avec.

— Mais toi tu es une femme, répondit Lalla debout à côté d'elle, face au miroir. Et puis je n'ai pas les cheveux longs et lisses comme les tiens. Tu es comme ces actrices dans les télénovelas. Vous avez de la chance.

— Tu n'as pas les cheveux lisses, mais tes cheveux crépus sont magnifiques, tu as une très jolie peau sans la moindre imperfection, et les yeux en amande. Tu n'as que 14 ans, ton corps n'a pas fini de changer, alors comme je te l'ai déjà dit, ne sois pas pressée, et apprends à t'aimer.

Lalla soupira en écoutant son amie, dépourvue de conviction.

— Je ressemble à une vraie petite Berbère, reprit Zayane. Habib va adorer !

Nabil lui avait donné envie d'aller jeter un œil du côté de Tripoli en Lybie en décrivant la richesse du lieu. Elle voulait voir ces fortunés qui pouvaient tout s'offrir dont il lui avait parlé. De ce qui faisait de cette ville un si grand fantasme pour lui. Un jour de balade dans les vieux quartiers de la ville, Lalla suivit le son d'une voix qui résonnait dans une ruelle, comme hypnotisée par le chant des sirènes. Elle entra sous un hall en passant les mains sur de hautes colonnes à rainures et découvrit une femme de dos au cœur d'une foule formant un demi-cercle. Celle-ci avait une chevelure d'un noir de jais, faisait de petits mouvements gracieux avec ses bras, et chantait avec une voix douce et délicieuse à rendre jaloux un rossignol. Lalla resta interdite derrière le personnage. Sa voix la faisait vibrer de l'intérieur et lui procura quelques frissons.

La chanteuse se retourna, et continua à chanter en regardant Lalla droit dans les yeux. C'est ainsi qu'elle rencontra Zayane pour la première fois.

Zayane avait le teint olive, de grands yeux marron et une chevelure brillante et épaisse qui tombait comme une cascade sur sa poitrine généreuse. Ses longs cils accentuaient son regard hypnotisant, et son sourire avait comme le pouvoir de réchauffer une âme.

Elle avait tout juste 18 ans, et venait d'épouser Habib. Un jeune algérien de trois ans son aîné, issu d'une famille ayant fait fortune dans les hydrocarbures.

Le jeune couple vivait chez les parents de Zayane, procédé peu commun lorsque leur culture aurait souhaité le schéma inverse, avec l'épouse habitant chez les parents de son mari.

Mais la seule condition qu'imposa le père de Zayane pour donner la main de sa fille si tôt, était qu'ils vivent sous son toit le temps qu'ils finissent tous les deux leurs études supérieures. Le deuxième étage de la maison leur étant réservé pour préserver leur intimité, Habib accepta. Contre la volonté de sa famille à lui qui trouvait ce statut dégradant, il rejoignit sa bien-aimée.

Lalla se précipitait chez Zayane dès la fin des cours. Elles étaient devenues amies, car celle-ci avait trouvé en Lalla la petite sœur qu'elle n'avait jamais eu. Elle arrivait à Tripoli deux rues plus loin de chez elle pour profiter des quelques passants et pratiquer son arabe. La maison de

Zayane était une immense demeure toute blanche aux courbes orientales.

Un massif portail noir la séparait de la rue, et Ridwan, le gardien, venait lui ouvrir avec le même enthousiasme à chaque fois. C'était un policier à la retraite d'une cinquantaine d'années, d'environ deux mètres, au crâne rasé et aux épaules très larges. Un physique à faire passer l'envie aux voleurs de pénétrer dans la maison.

— Lalla-Aicha, nangadef? Abédi? disait tout le temps Ridwan. Il l'avait surnommé Lalla-Aicha comme sa défunte mère et utilisait les quelques expressions en wolof et en mandingue qu'elle lui avait apprises pour la saluer.

Lalla lui répondait généralement avec un arabe presque parfait que tout allait pour le mieux et continuait son chemin.

Il fallait emprunter l'allée principale au milieu d'un élégant jardin botanique, où des lys, des orchidées et des plantes toutes plus jolies les unes que les autres venaient se confondre avec les quelques arbustes d'ornement parfaitement taillés.

Un puissant figuier parmi les oliviers venait faire de l'ombre à la fontaine et à sa vasque romaine, source du son mélodieux qu'offrait le ruissellement de l'eau. Lalla faisait une pause pour contempler ce havre de paix, à chacune de ses visites.

La mère de Zayane ne ressemblait en rien à sa fille. Elle avait le teint pâle, les cheveux blond vénitien qu'elle recouvrait en partie d'un foulard de soie, et des yeux verts comme des émeraudes sous des paupières légèrement tombantes. Son élégance et sa manière de se tenir bien droite rappelaient la posture d'une danseuse classique. Lorsqu'on la voyait marcher de dos, elle donnait l'impression de survoler le sol, tant le mouvement de ses robes fluides imitait ceux des oiseaux qui planent. Elle s'incrustait de temps à autre aux conversations de sa fille et de ses amies, pour y donner son avis, y prodiguer des conseils ou même partager des astuces beauté, comme pour vivre une seconde jeunesse.

Son père quant à lui était un bon vivant à la voix très grave. Il avait toujours le mot pour rire, et aimait qu'il y ait du monde chez lui. Pourtant, son statut de haut fonctionnaire dans l'armée ne lui offrait pas le privilège d'être souvent présent, mais lorsqu'il l'était, il semblait n'avoir d'yeux que pour son unique fille. Il ne lui refusait rien, et même lorsqu'il était très pressé, s'arrêtait pour l'embrasser tantôt dans les cheveux, tantôt sur le dos de la main. Il était plutôt mince, avait la mine sévère, la peau bien plus foncée que celle de Zayane, et les cheveux poivre et sel. Des cheveux que Lalla n'avait jamais vus, car en plus d'avoir l'air autoritaire, elle ne l'avait jamais rencontré autrement qu'avec son uniforme beige et sa casquette d'officier à ruban rouge vissée sur la tête. Elle se demanda même s'il ne cachait pas dessous une calvitie naissante.

Leur maison était toujours animée, et les amies de sa mère, ces nouvelles riches qui passaient leur temps à parler des derniers produits de luxe de Milan ou de New York, y passaient régulièrement. Il fallait qu'elles puissent apporter en plus des macarons parisiens, les quelques ragots qu'elles avaient sur les autres femmes de leur acabit. Et puis il y avait ces quelques fois où les invitées étaient des femmes bien plus modestes, celles qui vivaient dans les alentours, avec la volonté secrète pour certaines, d'être conviées aux soirées mondaines de la capitale.

Parfois, on demandait à Zayane de chanter dans la grande pièce qu'était le salon, et Habib l'accompagnait à la guitare pour régaler les oreilles des invités, pendant que Wahiba l'employée de maison proposait du thé en slalomant entre les sièges.

Nisreen, son amie, était très réservée. Elle se tenait la plupart du temps dans les petits coins de la pièce, immobile comme une statue au corps fin comme le sien, et ce même lorsque sa mère faisait partie des invités. Lalla n'avait d'ailleurs jamais compris comment Nisreen et Zayane avaient pu être de telles amies. L'une passait son temps à observer les autres, paraissait antipathique et ennuyante, et l'autre était pétillante et pleine d'énergie à partager. Elles étaient si différentes…

— Lalla-Aicha, lança Habib tout sourire, comment vas-tu ?

— Ah non tu ne vas pas te mettre à m'appeler comme ça toi aussi, rétorqua-t-elle amusée.

— Quoi tu ne veux pas que je t'appelle Lalla-Aicha, Lalla-Aicha ?

Ils ricanèrent.

Lalla appréciait vraiment Habib, et espérait un jour avoir une relation identique à celle de sa femme et lui.

Zayane et lui s'étaient rencontrés au Gigi's, un petit restaurant avec une scène ouverte, où tous les artistes pouvaient vivre leurs passions. Chanter, danser, lire des poèmes ou même exposer des toiles et des sculptures y était possible.

Habib jouait de la guitare dans un groupe de pop aux allures de rock avec deux de ses amis. La bande montait tous les jours sur scène et devenait de plus en plus célèbre dans la capitale. Au grand désarroi des parents d'Habib qui l'avaient envoyé à Tripoli finir ses études et non faire « le guignol » comme ils disaient.

Le regard profond et les mimiques maladroites de Zayane lorsqu'elle chantait sur la scène, rendaient Habib de plus en plus amoureux. Plutôt mauvais chanteur, il prit son courage à deux mains et lui déclara, en chanson, tous les sentiments qu'il avait pour elle. Ce fut le début de leur histoire d'amour.

— Nous allons en ville avec Zayane et Nisreen, il faut absolument que tu viennes avec nous. Dit-il en rangeant sa guitare dans sa housse.

Lalla vérifia l'heure sur sa montre, et décida de les suivre.

Elle avait désormais droit à une petite heure de temps libre. Elle s'était arrangée avec Djoumi qui avait accepté de la couvrir en cas de retard si Lalla acceptait de lui prêter de temps en temps ses savates.

Ils empruntèrent plusieurs passages où plusieurs ruines romaines attisèrent sa curiosité. Elle marchait devant avec Zayane et Habib, tandis que Nirseen les suivait deux pas plus loin.

Ils s'arrêtèrent au coin d'une rue où une femme assise sur un tabouret, qu'elle recouvrait partiellement de sa robe noire à pois, remplissait de petites tasses blanches avec un liquide brun.

C'était du café qu'elle renversait à l'aide d'une sorte de théière à long bec, et qu'elle reposait sur un foyer à charbon de bois.

Ils achetèrent quatre petites tasses à consommer sur place, qu'ils savourèrent en silence, échangeant de petits regards heureux.

— Qu'est-ce qu'il est bon ce café. S'exclama Lalla, brisant le silence de délectation. Je n'aime pas trop le café à l'origine, mais celui-ci a comme le goût d'un fruit chaud qui te coule dans la gorge.

— C'est parce que Fryat est une experte, répondit Zayane en jetant un coup d'œil complice à la commerçante. Je crois qu'en Éthiopie, on apprend à faire de l'excellent café très tôt, et le sien est de loin le meilleur de la ville.

Ils discutèrent quelques petites minutes avec la commerçante, sauf Nisreen comme à son habitude.

La dame avait rappelé à Zayane que ses enfants lui manquaient et qu'elle retournerait quelques semaines dans son pays pour s'occuper des siens. Lalla continua à l'interroger sur l'Éthiopie jusqu'à ce que Zayane la tire par le bras pour l'emmener et reprendre la marche. Ils la remercièrent, puis continuèrent leur promenade.

— Bon, nous sommes assez loin de la maison, nous pouvons vous l'annoncer, dit Zayane en se rapprochant d'Habib.

— Quoi, nous annoncer que vous allez avoir un bébé ?
dit Lalla.

— Mais non répliqua Habib en secouant la tête, on
l'aurait annoncé à nos familles d'abord si ça avait été le
cas. Et puis on n'est pas prêts.

— Ce n'est rien d'inconscient j'espère, lança Nisreen
avec un ton accusateur qui rappelait celui des parents.

— Ça dépend de ce que tu appelles inconscient…
Zayane coupa la parole à Habib.

— Nous allons participer à un concours de talents à
Benghazi, dit-elle en frappant dans ses mains, tout
excitée.

— Bravo ! dit Lalla en se rapprochant de son amie pour
la prendre dans ses bras. Mais c'est quoi Benghazi ?

— À Benghazi ? répéta Nisreen autoritaire, en haussant
les sourcils. Et ton père il en pense quoi ?

— Mes parents n'en savent rien, ça sera notre petit
secret. C'est fou comme tu as le don de toujours gâcher
l'ambiance Nisreen. Dit Zayane légèrement irritée. Et
Benghazi, Lalla, c'est une superbe ville à l'est du pays.
Ça va être super tu verras.

— Ah oui et comment voulez-vous garder ça secret ? Il faut au moins une journée entière pour s'y rendre, rétorqua Nisreen. Je savais bien qu'il s'agissait de quelque chose d'inconscient. Vous êtes des irresponsables, voilà ce que vous êtes.

— Pas la peine de te mettre en colère Nisreen. C'est juste qu'une opportunité comme celle-ci ne se présente pas tous les jours. Dit Habib, viens avec nous. Nous partirons très tôt le matin, ferons le concours, souhaiterons la bonne année à tout le monde et on rentrera aussitôt.

— Non, mais tu t'entends Habib ? répondit-elle. Tu es tellement amoureux que tu ne te rends même pas compte de l'absurdité de ce que tu viens de dire. Je sais que tout ça c'est son idée alors n'essaye pas de me dire le contraire. Je n'irai pas là-bas et encore moins en cachette. C'est dangereux.

— Moi non plus je ne pourrais pas, vous savez que ma mère ne me laissera pas sortir si tard, dit Lalla d'une petite voix, je n'ose même pas imaginer la violence de son refus.

— Même pour fêter le Nouvel An ? T'auras qu'à lui dire que tu seras avec des amis un peu plus vieux que toi pour la rassurer, dit Zayane.

— Avec des amis irresponsables surtout, radota Nisreen.

— Bon toi ça suffit. Tu as le droit de ne pas être d'accord, mais tu commences vraiment à me fatiguer. Et puis tu sais quoi, ne viens pas, on n'a pas besoin que tu nous rabâches dans les oreilles, grommela Zayane.

Lalla trouva une excuse pour s'éclipser et rentrer chez elle avant qu'il ne fasse trop tard, laissant les trois autres se chamailler.

Lorsqu'elle retourna chez Zayane le premier janvier, celle-ci l'emmena directement dans sa chambre à l'étage, et Lalla entendait son père brailler depuis le salon, sa voix résonnant dans toute la maison.

— Qu'est-ce qui se passe Zayane, pourquoi ton père est-il en colère comme ça ?

— C'est Nisreen qui nous a balancés, cette peste.

— Elle a dit à tes parents que vous étiez parti à Benghazi ?

— Non pire, elle l'avait dit à ma mère qui nous a immédiatement interdit d'y aller, du coup on est resté ici, et là elle vient de le dire à mon père et ça fait plus d'une heure qu'ils crient sur tout le monde. Tu as eu de la chance de ne pas l'avoir croisé, tu y aurais eu droit aussi. Il est bizarre depuis quelque temps, il est presque tout le temps en déplacement, et marche nerveusement de pièce en pièce lorsqu'il est au téléphone.

— Je comprends, je vais réduire mes visites aussi alors, ça vaut peut-être mieux, répondit Lalla qui se voyait déjà fouler le sol de l'Éthiopie.

— Oui, je pense aussi. Et puis de toute façon je suis privée de sortie pendant un moment. Et c'est d'autant plus dingue, car il ne m'a jamais punie de toute ma vie, et là il me punit comme une gamine. J'ai pensé à lui répondre que de toute manière j'étais mariée et que ce n'était pas à lui de décider, mais je tenais à rester en vie.

Elles gloussèrent doucement pour ne pas qu'il les entende, Lalla resta une dizaine de minutes, avant de repartir en descendant doucement les marches et éviter de croiser l'ogre.

Du côté de Lomé, c'était tous les jours pareil pour Akil

L'école/les brutes de l'école/les devoirs à la maison et l'isolement seul dans la chambre quand Adebola n'était pas là.

Une fois, son devoir de français impliquait une rédaction qui consistait à écrire une lettre à un proche pour lui parler de ses ambitions futures. Il eut envie de l'adresser à Lalla assez naturellement.

Il prit goût à l'exercice et en rédigea une autre plus personnelle, comme si elle allait la lire le lendemain même.

« Coucou Lalla,

J'espère que tu ne m'as pas oublié, car ce n'est pas mon cas. Je pense à toi tous les jours.

Tu as pu rejoindre ton père ?

Moi, depuis que je suis à Lomé, je m'ennuie. La bonne nouvelle c'est que je vais au collège comme tout le monde. La mauvaise nouvelle c'est que je vais aussi au collège comme tout le monde, mais je ne me suis pas fait de potes.

Il y en a qui ne veulent pas me laisser tranquille juste parce que je suis différent et que je suis nouveau. Il y en a un autre qui n'a pas de chance, c'est le gros de la classe, lui aussi ils l'embêtent sauf quand il se ramène avec un portable tout neuf, là tout le monde veut être son ami.

J'aimerais tellement que tu sois là pour qu'on ne s'amuse que tous les deux sans ces crétins. Il y a plein de filles qui tournent autour d'eux en plus alors qu'ils sont vraiment idiots, j'y comprends rien. Si tu veux venir me voir avec les chaussures, j'habite rue Tado à côté du Garage. T'auras qu'à demander la maison de l'albinos et tu me trouveras, c'est sûr.

J'ai hâte de te revoir.

Dis bonjour à Djoumi et aux jumeaux de ma part.

Bye,

Akil »

Il ne reçut jamais de réponse, bien que postée. Une longue série de lettres dédiées s'en suivit sans jamais être envoyée à la destinataire, par crainte sans doute. Et si Lalla l'avait oublié, se demanda-t-il. Et puis même s'il l'avait voulu, elle ne les aurait probablement jamais reçues jusqu'à Goudiry avec un réseau si défaillant, se dit-il.

La pro de la technique

— Combien coûte le gobelet de café s'il vous plaît ?
S'adressant à la vendeuse en arabe.

La femme n'avait pas l'air de comprendre ce que Lalla lui racontait, elles communiquèrent donc par mimes jusqu'à s'entendre sur le prix, et que Lalla obtienne sa boisson.

Elle remercia la femme d'un hochement de tête et s'installa sur le rebord du trottoir pour déguster son café, et laisser son délicieux parfum chatouiller ses narines.

Addis Abeba, l'endroit où elle se trouvait en Éthiopie, avait des airs de Dakar, avec quelques infrastructures plus contemporaines et des bâtiments en construction tous les cinq cents mètres. Il y avait là-bas aussi bon nombre de vendeurs perchés sur les trottoirs qui vendaient des cigarettes et bien d'autres choses.

Une jeune fille se faisait gronder au loin. Elle ramassait un objet en tôle et en bois, à genoux sur le sol, des grains de café éparpillés tout autour d'elle. L'homme rouspétait en brandissant le poing, ameutant tout le voisinage.

Lalla se rapprocha de la scène, posa son gobelet au sol, et aida la fille à ramasser les grains. L'homme sembla encore plus excédé et accentua ses insultes. La fille esquissa un sourire en guise de remerciement et s'empressa de s'échapper. Lalla ne la quitta pas des yeux. Elle la regarda déambuler jusqu'à son porche, s'y installer, et bricoler sur son curieux objet en tôle, l'air très concentré.

Le lendemain, Lalla se rendit directement chez la fille. Arrivée devant la maison, elle la chercha du regard, mais ne vit personne. Elle reconnut l'objet sur lequel la fille passait du temps, une sorte de boîte difforme faite de restes de matériaux de toutes sortes, et s'en approcha pour le toucher. Au même moment, la jeune fille surgit derrière elle et cria :

— *NO* !

Lalla sursauta, et recula aussitôt. La jeune fille était plus grande qu'elle. Sa peau couleur cannelle semblait parsemée de paillettes tant elle était lumineuse. Elle avait de petits yeux d'un noir étincelant, un joli nez et des cheveux aussi noirs que ses yeux, à la texture à mi-chemin entre les cheveux crépus de Lalla, et les cheveux lisses de Zayane qu'elle avait coiffé en deux grosses nattes.

Ne parlant pas un mot d'amharique, la langue la plus parlée en Éthiopie, Lalla tenta de lui présenter des excuses en arabe. Des mots que la jeune fille ne comprenait pas totalement.

— *English* ? interrogea la fille, voulant aider une Lalla en difficulté.

— *Yes, a little bit*, répondit-elle avec peu d'assurance.

— *OK. My name is Bethlehem. What is your name ?*

— Lalla.

— *Good Lalla. No touch OK ?*

Bethlehem lui montra l'objet, faisant un non de l'index, pour que Lalla n'y touche plus jamais. Elles baragouinèrent ainsi un anglais approximatif, argumenté de gestes pour pouvoir communiquer, et furent prises de fous rires lorsqu'elles n'arrivaient pas à se comprendre. Leur amitié était née.

À la maison, Zeyna comptait assez souvent son argent, pour être sûre de pouvoir acheter du crédit et rappeler son époux quand il lui passait des coups de fil avec des téléphones différents. C'était cher d'appeler en Mauritanie ou au Niger, les minutes s'écoulaient à une vitesse folle.

Pour optimiser tout cela et être sûr de pouvoir échanger quelques mots avec ses enfants, il privilégiait des appels le dimanche selon les possibilités.

Avec Lalla c'était toujours la même chanson, elle lui demandait comment se passaient ses journées, si elle lui manquait pour assez vite sauter à la question : mais tu es où exactement ? Il faut que tu sois très précis.

Ce n'était jamais assez précis. Gora et son petit groupe de migrants changeaient d'étapes au gré du vent et il pouvait passer deux voire trois semaines sans téléphoner. Si le crédit ne permettait pas à toute la famille de discuter, il fallait attendre le prochain coup de fil à nouveau.

Une fois, il avait donné sa position. C'était une école non loin de l'Unicef au Niger où on les laissait passer quelques nuits le temps de reprendre la route.

Lalla s'y rendit, écuma les écoles tout autour et on lui annonça à l'une d'entre elles que des voyageurs comme son père s'arrêtaient constamment là-bas pour y dormir. C'était donc difficile de l'informer parfaitement.

Elle était rentrée en pleurs, et se promit de ne plus opérer de la même manière. La prochaine fois, elle serait sûre de sa localisation avant d'aller le surprendre et l'embrasser où il se trouve.

Les mois passèrent et les occasions se présentèrent peu. Soit Lalla était occupée à aller rendre visite à ses amis hors du pays, soit Gora ne donnait pas d'indications assez claires. Le mieux, c'était d'attendre qu'il arrive à sa destination finale pour l'y rejoindre une bonne fois pour toutes, se dit-elle.

Hamdine quant à lui se sentait de plus en plus responsable de sa mère et de sa sœur. Il devait être l'homme de la maison comme lui disait la famille du côté de son père, mais il n'avait que douze ans en soi.

Il avait comme chaque année assisté à l'égorgement d'un agneau à la fête de l'aïd et pour la première fois il avait tenu les pattes de l'animal débattant. Il vit le sang gicler sur le sol et sur ses vêtements et sentit la vie quitter le corps de la bête lentement. Il vomit juste après sans que personne ne le voie et fit bonne figure devant Lamine le gardien du voisinage. Lui qui avait vu Hamdine bébé était tout aussi ému en voyant la scène.

Zeyna était fière de voir ses petits changer, elle voulait être proche d'eux pour combler le manque de père et leur assurer un bel avenir. La tâche se corsait, mais elle tenait bon. Si bien qu'elle s'oubliait elle-même, elle se faisait moins jolie, elle mangeait moins et avait perdu quelques kilos. Lalla devenait de plus en plus distante et menait sa petite vie, comme si elle cherchait à fuir la maison en sillonnant les pays pour éviter de voir sa mère désespérer.

Sept mois étaient passés depuis sa première rencontre avec Bethlehem. Elle s'appliquait au collège pour avoir le meilleur niveau d'anglais possible, et pouvoir parler avec Bethlehem sans limites. Elle avait quelques notions d'amharique qui lui permettait de se faire comprendre dans la rue, et Bethlehem l'accompagnait dans son apprentissage au possible.

— Tu es prête cette fois-ci ? demanda Bethlehem, le doigt prêt à appuyer sur le bouton du robot. Elle avait enfilé son énorme paire de lunettes de protection, fabriquées elles aussi par ses soins.

Lalla recula de quelques pas afin de ne pas recevoir de projectiles comme lors des précédentes tentatives.

— Oui je suis prête pour ton quinzième essai, répondit-elle avec sarcasme.

— OK, c'est parti.

Bethlehem pressa le bouton, le robot fit un bruit assourdissant, comme s'il broyait du gravier, tressauta sur place, avant d'exploser d'un côté laissant quelques grains de café s'échapper et s'écraser sur le mur.

— Bon, il y a du mieux par rapport à la première fois où tu m'as rencontré, non ? dit-elle enthousiaste. À l'époque Frantz, n'était pas encore au point. Il rejetait des grains absolument partout, mais aujourd'hui, uniquement d'un côté. C'est formidable !

Lalla la dévisagea l'air consterné et lâcha :

— Oui… Comme tu dis, il y a du mieux. Mais pourquoi est-ce que tu t'entêtes avec Frantz ? Pourquoi tu ne fabriquerais pas un autre robot qui ferait autre chose que de moudre du café ? Et puis tu y passes tellement de temps. Tout ceci n'a aucun sens si tu veux mon avis.

Bethlehem, vexée, retira ses lunettes d'un geste brusque, lui tourna le dos pour nettoyer le bazar, et ramassa Frantz sans dire mot.

À l'âge de 10 ans, Bethlehem avait été contrainte d'arrêter l'école en primaire, pour aider sa mère et devenir une future femme au foyer. Elle continua son instruction à la maison en imitant son frère, qui lui était toujours scolarisé, et ce jusqu'au secondaire. Sa curiosité la poussa à lire tout ce qu'elle pouvait, elle développa très vite une aisance avec les maths, et avait un goût prononcé pour les sciences. Lorsqu'elle ne démontait pas tous les objets qui lui tombaient sous les mains, pour en comprendre le fonctionnement, elle faisait des expériences scientifiques avec les moyens dont elle disposait. Son frère et Lalla, lui rapportaient tout ce qu'ils apprenaient de nouveau en cours, et elle se constituait sa propre bibliothèque avec des articles de journaux, des pages arrachées dans des revues de sciences, et des cours recopiés à la main.

— Ne le prends pas mal Bethlehem. Je suis désolée de te l'avoir dit comme ça, mais c'est que je veux vraiment comprendre pourquoi tu t'obstines. Ajouta Lalla en ramassant les quelques grains restants.

— Je sais Lalla que tu ne pensais pas à mal. Mais j'ai le sentiment d'être incomprise depuis ma naissance. C'est comme si je n'appartenais pas à ce monde. Tout le monde, excepté mon frère, me prend pour une folle dans ma famille. Elle reposa Frantz au sol. J'ai même entendu mes tantes dire, que si du haut de mes quatorze ans on ne m'avait toujours pas demandé en mariage, c'est que j'avais un problème, et que mes parents devaient faire attention. Mais attention à quoi ? Pourquoi dans ma famille les filles doivent-elles se marier et arrêter l'école si tôt ? Enfin si elles parviennent à aller à l'école déjà. Certaines filles du village que je connais ont été mariées à l'âge de 9 ans Lalla, 9 ans ! Et dans la mesure où nous devons nous marier pour faire des enfants, comment procréer lorsque notre appareil reproducteur n'est pas opérationnel vu que nous sommes nous-même des enfants ? C'est illogique ! ILLOGIQUE ! Dit-elle les mains levées vers le ciel.

Alors je reste sur le perron à bricoler sur Frantz pour que les gens me voient et qu'ils ne pensent pas que je suis une mauvaise fille qui traîne dans les rues. Je veux que mon robot soit capable de torréfier le café, le moudre plus vite, le laisser infuser et le servir ! C'est possible, il faut juste que je trouve un moyen pour qu'il ne chauffe pas trop quand il pile le café et tu verras, il fonctionnera ma chère.

Lalla jeta un œil à l'appareil, absolument pas convaincue par les capacités que venait de lui prêter son amie, et releva la tête avec un sourire pour ne pas la contrarier davantage. De plus, son récit avait été suffisamment grave et touchant à la fois pour ne pas en rajouter une couche.

Bethlehem se lança alors dans un long monologue, comme elle avait l'habitude de le faire afin d'expliquer les différents procédés pour faire du café, le tout agrémenté de termes scientifiques et de démonstrations par dessins, à une Lalla attentive notant dans son cahier. Cette ferveur et cette détermination lui rappelaient Akil lorsqu'il expliquait un sport de combat.

Quelques jours plus tard, Frantz fonctionna parfaitement. Les deux filles se prirent dans les bras, poussant de petits cris de victoire, et se mirent à sautiller et à gesticuler dans tous les sens.

— Bravo Bethlehem, je suis fière de toi. Tout le monde va vouloir un Frantz maintenant.

— Je te l'avais bien dit. Tout est une question d'équilibre. Car la pression et…

— Ah non Einstein, tu ne vas pas commencer avec tes explications, l'interrompit Lalla avec humour. Elles ricanèrent toutes les deux.

— Il n'empêche que quand Frantz sera le premier robot à escalader le Kilimandjaro, tu rigoleras moins ma chère, répondit Bethlehem arrogante.

— Le Kili quoi ? demanda Lalla en s'emparant de son cahier.

— Le Kilimandjaro ! s'écria-t-elle tout excitée, manquant d'éclater les tympans de son amie. C'est une montagne en Tanzanie avec un point culminant à plus de 5 000 mètres d'altitude, faisant de lui le plus haut d'Afrique. Tu imagines ? En plus, il est composé de trois volcans éteints, tout le monde devrait connaître cette merveille, en tout cas moi je veux la voir. J'aimerais tellement voir des glaciers, voir comment mon corps réagirait face à l'altitude, et aux températures parfois très basses, voir des Massaïs…

Bethlehem poussa un grand soupir, l'air absent, semblant rêver les yeux ouverts.

— Mais si tu fabriques de petites jambes à Frantz pour escalader la montagne, il va rouiller avec l'humidité n'est-ce pas ?

Bethlehem reprit ses esprits.

— Bien vu en effet, mais j'y avais déjà pensé. Alors je vais lui faire des jambes étanches à base de fibre de…

Lalla la coupa à nouveau.

— Non Bethlehem, s'il te plaît ne recommence paaas ! dit-elle en faisant mine de s'arracher les cheveux.

— Bon, d'accord, je le mettrai juste à bord de l'avion que j'aurais fabriqué pour le survoler, dit-elle pour se défendre. Et si tu es gentille, tu pourras monter à bord avec nous.

— Pour finir moulue comme ton café ? Non merci ! envoya Lalla.

Elles s'esclaffèrent jusqu'à ce que Bethlehem dise d'un ton sérieux :

— Tu as de la chance d'avoir pu voyager avec ta famille. J'aimerais voir ce qui se fait de mieux en matière de recherche et de technologies, au-delà de l'Éthiopie. Il y a de super chercheurs partout tu sais, des passionnés comme moi. J'apprendrais plein de trucs c'est sûr.

Lalla ressenti l'envie soudaine de partager son secret avec son amie. Elle hésita un moment, vérifia l'heure, puis décida de tout lui raconter à propos des chaussures magiques. Bethlehem sceptique face à son récit demanda à essayer les savates pour en avoir le cœur net. Les chaussures lui firent parcourir la ville en moins d'une minute, et à son retour seule l'envie de comprendre comment cela était scientifiquement possible la préoccupait.

— Je n'en crois pas mes yeux, dit Bethlehem s'empressant de saisir une petite loupe qu'elle avait fabriquée avec de l'eau et une bouteille en plastique.

Elle scruta entièrement les savates avec la loupe, essayant de trouver une explication logique et sensée à cela. Elle demeura médusée, puis avec un sourire coquin se tourna vers Lalla et lui dit :

— Qu'est-ce qu'on va s'amuser ma copine !

Lalla faisait les cent pas, alternant coups d'œil à sa montre et regards anxieux autour d'elle. Bethlehem et elle se prêtaient les chaussures à tour de rôle depuis quelque temps et tout s'était toujours bien passé. Mais Bethlehem était très en retard ce jour-là, et un mélange de fureur et d'inquiétude finit par envahir Lalla.

Elle finit par arriver, avec près d'une demi-heure de retard, s'avançant tout sourire vers Lalla.

— *Ola, ta fiche* ?* Hahaha, j'ai appris ça à Luanda. Et regarde, du café *Mabuba* ils appellent ça, montrant une poignée de baies rouge orangé à son amie. Les gens parlaient en portugais et blablabli et blablabla. J'adore cette langue ! D'ailleurs demain je vais au Portugal il est temps d'aller voir les Blancs maintenant, raconta Bethlehem sans prendre le temps de respirer.

Lalla sentit la colère lui monter jusque dans les tempes et la coupa sèchement.

— Bethlehem tu es très en retard, je vais avoir des ennuis à cause de toi. Et je me fiche de ce que tu as fait en Angola. Tu n'en fais toujours qu'à ta tête, c'est ce que je déteste chez toi.

— Je suis désolée Lalla, répondit doucement Bethlehem, je n'ai pas vu le temps passer, j'étais à....

— Je ne veux rien savoir, éructa-t-elle, rends-moi juste mes chaussures que je puisse rentrer chez moi et ne plus voir ta tête.

Bethlehem, offusquée, s'assit à même le sol et tenta de retirer les chaussures le plus vite possible pour ne plus avoir non plus à supporter sa copine enragée chez elle. Elle tira sur un des lacets avec acharnement, celui-ci se rompit dans ses mains, et elle resta immobile pendant un instant, les yeux fixés sur le morceau de lacet, sans avoir le courage de relever la tête et y croiser le regard noir au-dessus d'elle.

Lalla lui arracha les chaussures des mains, les enfila et les noua avec rage pour repartir, sans prendre la peine de lui adresser un mot.

Lorsqu'elle arriva chez elle, elle croisa Lamine dans la cour, qui lui demanda en voyant sa mine renfrognée ce qu'elle avait. Elle lui répondit vaguement, et rentra dans la maison sans se retourner. Et puis d'abord, pour qui se prenait-il à venir tout le temps ? pensa-t-elle.

Lamine, le gardien du quartier, était un homme d'une quarantaine d'années qui passait son temps entre la mosquée où il donnait des cours d'arabe, et la chaise devant sa maison du coin de la rue. Depuis le départ de Gora, il se sentait obligé de fourrer son nez partout, et de jouer l'homme indispensable auprès de sa famille. Ce qui malgré son désir de bien faire, avait le don d'irriter Lalla et son frère.

Zeyna écouta sa fille justifier son retard sans sourciller, et lui ordonna d'aller se changer pour venir l'aider à faire à manger.

Lalla s'exécuta avec l'ambition de se faire oublier en restant dans le coin de la cuisine, mais en retirant les pommes de terre de la friture Zeyna l'interrogea avec calme.

— Qu'est-ce qui se passe dans ta vie ? Tu peux me parler, tu sais.

Elle voulut trouver une excuse pour s'enfuir, mais c'était impossible, et puis recevoir un coup d'écumoire n'était pas une bonne option non plus, alors elle répondit simplement.

— Rien maman.

— Arrête, je vois bien que ça ne va pas. Tout va bien se passer, Dieu est grand. Dit-elle en plaçant d'autres patates dans l'huile.

— Il faut qu'on demande à Dieu de nous ramener auprès de Papa dans ce cas. Il me manque maman.

— Je sais chérie, il nous manque tous.

— Tu l'as eu au téléphone cette semaine ?

— Non, ils étaient retournés au Niger la semaine dernière, car ils avaient rencontré quelques difficultés en Algérie.

— Et il t'a dit où exactement au Niger ?

— Non, je n'ai pas retenu. Elle desserra un nœud de son pagne qui lui servait de porte-monnaie de temps en temps, pour y sortir un billet de 2 000 francs. Tiens, va acheter du crédit chez le Peul on va l'appeler.

Elles appelèrent le numéro à deux reprises sans parvenir à parler à Gora, puis réessayèrent après manger avec Hamdine, mais en vain. Le numéro ne répondait pas.

Lalla alla déposer le téléphone sur la table de chevet de sa mère, en profitant pour jeter un œil au tiroir resté entrouvert. Elle n'y aperçut rien de particulier à part quelques grigris et des pièces et tourna les talons.

Le coach

Elijah faisait des bonds à pieds joints sur la gauche puis sur la droite, au rythme très cadencé de la musique de Koffi Olomidé, en essayant de reproduire les mêmes enchaînements à chaque fois. Puis, il allait séparer les récoltes à vendre de celles qu'il voulait garder pour chez lui en continuant de remuer son derrière, avant de rappuyer sur son poste radio pour remettre la même chanson en boucle.

Lalla s'en amusait avec lui et en profitait pour imiter ses pas de danse, sous le peu d'ombre qu'offraient les branches de l'élégant mpingo*, l'arbre préféré de celui-ci.

— Ah le Congo, c'est vraiment là-bas qu'on trouve la meilleure musique, dit-il avec passion.

— On a compris Elijah, tu le répètes tous les jours.

— J'ai encore besoin de le dire. Plaisanta-t-il. Il faut qu'on y aille un jour nous aussi. Bethlehem t'a raconté comment c'était à Kinshasa ?

— Oui je crois, mais je ne m'en souviens plus. Et puis je ne lui ai pas adressé la parole depuis notre dispute de toute façon, dit Lalla en rassemblant les bananes.

— Tu ne trouves pas que tu as été un peu dure avec elle ? demanda-t-il en éteignant la musique. C'est une fille adorable.

— Moi, dure ? Madame peut casser ce qu'elle veut, et moi je ne devrais rien lui dire ? grommela-t-elle. On marche sur la tête ! Elle t'a hypnotisé c'est sûr.

— Ce que j'essaye de te faire comprendre c'est que ce n'est que du matériel, et des lacets ça se répare. Et pour preuve, tu les as bien rafistolés.

— Où veux-tu en venir ? dit-elle agacée. Et puis de toute façon tu ne peux pas comprendre, elles sont précieuses pour moi ces chaussures.

— D'accord, mais il faut que tu apprennes à relativiser. Dis-toi que sans Bethlehem on ne se serait peut-être jamais rencontré toi et moi. Tiens, dit-il en lui présentant ses mains rugueuses, donne-moi tes mains et essaye de te mettre à sa place.

— J'ai pas envie, Elijah.

— Allez, vas-y, dit-il d'un ton qui se voulait apaisant.

Lalla déposa le bac de bananes au sol en levant les yeux au ciel, avant de se redresser pour se prêter au jeu.

— Ferme les yeux et imagine que tu es dans sa tête et dans son corps. Inspire profondément avec le nez, bloque ta respiration un instant, puis expire par la bouche le plus d'air possible pour te détendre un peu. Donc tu es Bethlehem et tu ne peux pas faire ce que tu veux. Tu n'as qu'une seule amie, et cette amie est en colère après toi. Tu aurais aimé lui présenter tes excuses et lui dire qu'elle te manque, mais elle ne t'en a pas laissé l'occasion. Comment te sentirais-tu ?

Lalla sentit la culpabilité l'envahir, mais se contenta de hausser les épaules en guise de réponse pour ne pas se démonter. Les paroles de son ami, qui comme toujours étaient pleines de bon sens, l'obligeaient à admettre qu'elle avait été trop sévère avec Bethlehem, elle irait la voir dès qu'elle le pourrait pour lui présenter des excuses se dit-elle.

Elijah était de ces rares jeunes hommes que l'on pouvait quand même qualifier de vieux sage. Il était plutôt beau garçon avec un corps fin et musclé digne d'un athlète de compétition, un visage ovale et un sourire séduisant auquel on ne pouvait rien refuser. Il était le fils aîné d'une fratrie de sept enfants, travaillait dès l'aurore dans les champs, et marchait plusieurs kilomètres depuis Marangu, son village situé dans les premières hauteurs du Kilimandjaro où sa famille commercialisait ses récoltes, jusqu'au centre où il prenait des cours d'économie. Du haut de ses dix-neuf ans, Elijah servait aussi de conseiller auprès de sa communauté. Il aspirait à s'engager dans la politique pour offrir une meilleure qualité de vie aux habitants de sa région. Lalla l'admirait pour ses ambitions, elle l'imaginait déjà président de la Tanzanie, en costume cravate, sillonnant le pays en saluant la foule de la main.

— Pourquoi est-ce que tu t'énerves toujours ? poursuivit-il. D'où est ce que ça vient ?

— Je ne m'énerve pas toujours.

— Disons que tu t'énerves souvent.

— Je ne sais pas pourquoi. Peut-être parce que je n'aime pas les injustices, répondit-elle.

— On est très souvent impuissants face à ça, et je te comprends, moi non plus je n'aime pas ça. C'est une des raisons pour lesquelles je m'engage en politique. Pour lutter contre des injustices, à mon échelle. Et toi, que comptes-tu faire contre les injustices ? Qu'est-ce que tu vas faire de cette colère ?

Elle parcourut le sol avec son regard, comme s'il pouvait être un repère à réponses, mais rien ne lui vint. Elle hocha fébrilement la tête de gauche à droite, les sourcils vers le haut, pour dire qu'elle n'en savait rien.

— Réfléchis-y, reprit-il. Le soir quand tu es au calme dans ton lit, essaye de te concentrer sur ce que tu aimes faire, ce qui te tient à cœur, et ce que tu sais faire. Pense aussi à ce dont tu penses avoir besoin, et doucement tu verras ton objectif prendre forme. Bien sûr tu auras plein d'idées, mais il y en a forcément quelques-unes qui auront plus d'impact que les autres.

— D'accord, j'y penserai. Et toi, pourquoi tu ne t'énerves jamais ? demanda-t-elle les bras croisés comme un flic en plein interrogatoire d'une vieille sitcom.

— À quoi bon s'énerver ? Il faut prendre les choses comme elles sont, réfléchir, et essayer de trouver des solutions. Dit-il avec sa détente habituelle.

— Même quand la vieille dame à qui tu rends service tous les jours passe son temps à grogner et à t'insulter, tu restes sympathique avec elle. J'ai du mal à comprendre.

— Qu'est-ce qui te fait dire qu'elle m'insulte ?

— Je sais pas moi, elle fait plein de gestes comme ça, dit-elle en agitant les bras de manière loufoque, et on a l'impression qu'elle ne fait que de se plaindre.

— Ce n'est que ton interprétation alors.

— Oui, on peut dire ça…

— C'est sa manière à elle de me remercier. Elle prie pour moi la plupart du temps, et rouspète, car je n'ai pas trouvé de femme, alors elle dit souvent que si elle avait été jeune, il y a bien longtemps qu'elle m'aurait mis le grappin dessus.

Ils rirent tous les deux.

— J'étais complètement à côté de la plaque.

— C'est le cas de le dire. Tout est une question de perception. Et puis on parle le swahili et l'anglais pour les touristes, mais nous sommes Tchagga. C'est pour ça que tu ne comprends pas ce qu'elle dit.

Lalla explosa de rire devant un Elijah de marbre qui ne voyait pas ce qu'il y avait de drôle dans ce qu'il venait de dire.

— Des Tchaggas ? dit-elle en se tenant l'abdomen.

— Oui des Tchaggas. C'est mon ethnie.

Elle essaya de partager avec lui pourquoi ce mot suscitait un tel fou rire chez elle, mais avec beaucoup de mal. Elle finit par essuyer ses larmes et lui expliquer que le mot tchaga au Sénégal signifiait prostituée, et Elijah en ria avec elle.

Ils discutèrent encore un moment, et débattirent sur les préférences de chacun en dégustant des papayes. Elijah défendait son envie de rester vivre à Marangu, près des montagnes et des forêts, et non dans une grande ville comme Dar Es-Salaam, la capitale. Ce qui pouvait sembler moderne ou civilisé pour certains n'était pas toujours nécessaire selon lui.

Elle absorba, puis repensa les paroles du jeune vieux sage, et commença à appliquer ses conseils le soir même au coucher. Elle se rappela les passionnés comme Bethlehem et Nabil qui savaient depuis toujours ce pour quoi ils voulaient vivre. Elle pensa à son père, puis à

Akil, et s'endormit sans avoir pu définir un but à son existence.

Lalla avait tenté de négocier avec sa mère pour faire de très longs rajouts de couleur blonde, comme ceux de Djoumi. Le refus de Zeyna fut catégorique : en plus de coûter moins cher, sa fille devait garder des coiffures simples pour éviter les commentaires médisants des voisins.

Lalla garda une mine boudeuse jusque chez son amie pour y faire des tresses plus courtes et se plaindre de sa mère. Djoumi lui servait aussi d'alibi dès qu'elle souhaitait voyager pendant les vacances ou les jours du week-end, et sa mère remarquait à peine si Lalla avait changé de coiffure ou non avec le temps, trop préoccupée par ses propres soucis.

— C'est un peu serré ici, dit-elle en attrapant une tresse sur sa tête.

Djoumi s'excusa et la retira délicatement pour la refaire.

— C'est mieux comme ça ? demanda-t-elle en lui caressant la tempe.

— Oui beaucoup mieux, merci, répondit Lalla en préparant le petit tas de cheveux pour la prochaine tresse.

— Il faut souffrir pour être belle, comme on dit. Et puis tu ne serais pas amoureuse de cet Elijah par hasard ?

— N'importe quoi, protesta Lalla, je t'ai déjà dit qu'on était juste des potes.

— Ça va, calme-toi. Je dis juste que tu n'as jamais fait cette coupe avant, donc je m'interroge sur tes motivations, fit-elle remarquer.

— Je voulais juste essayer quelque chose de nouveau Djoumi, le ton las. Ne m'oblige pas à me justifier s'il te plaît, j'ai déjà donné avec ma mère.

— C'est vrai qu'elle exagère ta mère, tout le monde se coiffe avec du blond comme Viviane* maintenant. C'est à la mode. Voilà pourquoi on n'a rien à faire ici ma copine, on devrait vivre à Dakar, dit-elle en traçant une raie.

— C'est sûr !

— D'ailleurs j'aurais besoin des savates pour y aller dimanche prochain, je vais aller voir Thierno.

— Mais je comptais dire à ma mère que je serai chez toi justement, on avait prévu d'escalader le Kilimandjaro jusqu'à son sommet avec Elijah.

— Alors ça y est ? Vous allez enfin le faire.

— Oui, enfin c'est ce qu'on s'était dit, mais bon, tu sais bien avec Elijah on ne sait jamais…

— Oh lalaaaa. Elijah ceci, Elijah cela, coupa Djoumi. Tu n'as que ce prénom à la bouche ma parole ! Tu vas finir par l'épouser un jour celui-là. Et pourtant j'étais sûre que c'était Akil l'amour de ta vie.

— Tu racontes tout le temps des bêtises toi de toute façon, dit-elle en rougissant. Akil n'est plus là donc ce n'est pas la peine de parler de lui, il m'a peut-être même oublié. Et puis Elijah a dix-neuf ans tu sais, c'est un grand.

— Et alors ? Thierno il en a dix-huit et ça se passe très bien entre nous.

— Oui, mais Thierno c'est différent, on le connaît depuis toujours ton petit-ami, tout comme nos parents.

— C'est vrai ! En tout cas tu as l'air amoureuse, ponctua-t-elle pour la taquiner de plus belle.

Une jeune femme au rouge à lèvres criard se présenta devant le côté boutique de chez Djoumi, et acheta du gel pour cheveux en plus d'un pot de Mama White. Djoumi lui affirma que si son teint était aussi clair c'était parce qu'elle en appliquait chaque soir, ce qui était complètement faux, car Djoumi avait toujours été claire de peau, pensa Lalla. La jeune femme régla, et Djoumi fit un clin d'œil à son amie avec un léger sourire en coin.

— C'est bon ta sœur m'a prêté un pull, et j'ai pris les baskets de mon frère, on peut y aller maintenant ? interrogea Lalla en laissant retomber son sac le long de son flanc.

— On devrait reporter, le temps me semble un peu capricieux aujourd'hui.

— Ah non hein, grogna-t-elle, ça fait au moins six mois que tu me dis qu'on va y aller. Même Bethlehem tu l'avais emmenée plus haut que moi, c'est pas juste.

Elle mit un coup de pied dans son sac, et retira le pull avec hargne.

— On ne le fera que quand tu seras moins en colère, répondit calmement Elijah. Il faut être en paix pour pouvoir communiquer avec la nature, et tu verras qu'elle te le rendra bien.

— Ça veut dire quoi ça ? Ça ne veut rien dire du tout, je suis venu ici pour grimper au sommet du Kilimandjaro à l'origine, pas pour travailler dans les champs avec toi, ou récolter des bananes.

— C'est tout ce que tu retiens des moments qu'on a passés ensemble ?

— Non… Enfin ce n'est pas ce que j'ai voulu dire...

— Mais tu l'as dit quand même.

— Oui, je suis désolée, bafouilla-t-elle, c'est juste que je me faisais une joie d'y aller, et que j'attends depuis tellement longtemps...

— Je te comprends Lalla. Mais comme je te l'ai déjà dit, apprends à maîtriser tes émotions, garde les mots pour toi si tu sais qu'ils peuvent blesser l'autre.

Elle garda la tête baissée sans parvenir à le regarder dans les yeux.

— Allez, fais pas cette tête ! Allons nous promener tranquillement et raconte-moi le dernier épisode de ta série Analia, dit-il pour la faire sourire, ce qui fonctionna.

— Alors, Ricky veut la mort de Mariana…

Le jeu de jambes

Akil vivait depuis peu à Lagos au Nigéria avec sa famille et Adebola partait étudier en Côte d'Ivoire à peine quelques mois après.

Akil se sentit abandonné et exprima à son frère qu'il ne supporterait pas de rester vivre sans lui.

Si les ados du quartier s'apercevaient qu'Adebola et son mètre quatre-vingt-dix n'étaient plus là, ils allaient s'en prendre à lui à coup sûr dit-il.

— Arrête d'avoir peur constamment, tout le monde n'a pas envie de te harceler, rétorqua Adebola. Tu sais te battre depuis tout petit, ce qu'il te manque c'est juste un peu de confiance en toi.

— C'est facile pour toi de dire ça, tu as vu ta carrure ? Moi je n'impressionne personne répondit Akil.

— Dans ce cas va prendre des cours de karaté, de taekwondo j'en sais rien moi. Mais va t'entrainer avec des pros, ça va beaucoup t'aider tu verras.

Il appliqua les conseils de son frère et s'inscrit dans un gymnase à quelques kilomètres à pied.

En s'y rendant, il passa devant un atelier misérable en apparence qui sentait fort le cuir et le cirage. Il y pénétra et aperçut un vieillard taper au marteau sur les talons d'une chaussure.

Akil se présenta à lui et celui-ci laissa à peine terminer sa phrase en lui précisant qu'il n'avait pas de boulot à offrir. C'était déjà assez difficile de se payer lui-même marmonna-t-il.

Akil insista pour lui donner quelques coups de main de temps à autre et gratuitement de surcroît. Le papi surpris accepta et le qualifia de fou.

— À ton âge, on devrait partager des bières avec des copains et séduire les filles, lâcha-t-il. J'étais un vrai tombeur, tu sais. Je me déhanchais comme un virtuose, on n'a jamais connu un yoruba* qui danse aussi bien depuis, c'est moi qui t'le dis.

Akil s'en amusa et demanda quoi faire pour l'assister. Le vieux lui fila un chiffon crasseux pour cirer une paire de souliers et leur amitié vit le jour.

Le vieux était connu de tout le monde, il disait qu'Akil était son apprenti et personne ne l'embêtait. On le saluait même dans la rue.

En cette soirée du 3 septembre 2012, le tournage de « Queen Boumba » devait reprendre. L'épisode final de la série la plus suivie du Nigeria était attendu depuis des semaines déjà, et les équipes avaient une pression monstre. Jerry, le manager d'Onyeka Sugar, la vedette de la série, s'assurait que cette dernière ne manquait de rien dans sa loge. Il devait s'arranger pour que tout lui convienne, anticiper ses envies soudaines : en un mot, il devait céder à ses moindres caprices.

La sélection des tenues, le choix des coiffeurs et des stylistes, passait d'abord par Jerry avant qu'Onyeka ne fasse son choix final et ne passe à la télé. Le showroom, la pièce où se trouvaient vêtements, chaussures, et accessoires pour Onyeka, était plein à craquer. Les portants et les cintres regorgeaient de robes et de chemisiers de créateurs mondialement connus, et des sacs de luxe français, des chaussures italiennes, des vêtements américains et japonais inondaient la pièce.

Jerry y sélectionna quelques tenues avec cinq paires de chaussures, qu'il fit placer dans la loge de la star, et Onyeka y fit son choix. Elle enfila une robe en soie couleur bordeaux qui lui moulait les fesses et les hanches, monta sur une paire d'escarpins dorés et pointus, releva sa longue crinière d'extensions de cheveux indiens, et demanda à son assistante de l'aider à fermer le collier qu'elle portait au cou.

Tout était fin prêt. Les acteurs de « Queen Boumba » étaient tous présents et Onyeka devait tourner la dernière scène. Elle déambulait pleine d'assurance sur le plateau, avec une démarche peu naturelle, jusqu'à ce que son talon ne se coince derrière un câble et qu'elle ne trébuche les mains en avant. Sa robe se déchira, elle s'écorcha le menton pendant la chute, et l'assistance retint son souffle ne sachant comment réagir. Jerry et une des filles parmi les régisseurs l'aidèrent à se relever en l'attrapant chacun d'un côté, tandis qu'Onyeka, furieuse, exigea qu'on l'emmène dans sa loge pour la remaquiller et qu'on lui rapporte sur-le-champ de nouvelles tenues. La régisseuse accompagna Jerry dans cette tâche et ils présentèrent la sélection à la diva.

Elle examina tout ce que Jerry avait soigneusement trouvé pour elle, faisant doucement défiler les cintres sur le portant, et éclata en sanglots.

— Onyeka ce n'est qu'une petite chute de rien du tout, demain tout le monde aura tout oublié, dit Jerry en se rapprochant d'elle.

— Je me fiche de ça Jerry. Ça doit être le karma de toute façon. Dit-elle d'un air las. Je ne suis plus la même fille. Regarde, je vais encore une fois me pavaner avec ces vêtements hors de prix, et toutes ces jeunes femmes dehors vont vouloir me ressembler. C'est donc ça mon rôle dans cette vie ?

— Mais non, bien sûr que non ma belle. Ne recommence pas avec tes idées humanistes. Tu vas ruiner ton maquillage, répondit Jerry en cherchant des yeux une boite de mouchoirs que la jeune régisseuse s'empressa de lui remettre, et puis tout le monde n'attend que toi là-bas.

— Je n'ai aucune envie d'y retourner, répondit-elle en s'affalant dans son siège.

— Écoute, sans toi cette série n'aurait jamais eu autant de succès, dit Jerry en s'inclinant pour être à son niveau et essuyer ses larmes. Plein de choses superbes t'attendent après tout ça, tu pourras faire ce que tu veux. Ressaisis-toi et sois jolie pour la dernière prise s'il te plaît.

Onyeka se moucha, émettant un énorme bruit de trompette, et se racla la gorge pour retrouver une voix normale.

— Je veux offrir plus que ça en fait, répondit-elle. Je veux être un modèle pour des choses fondamentales, et non juste une icône de beauté.

Jerry l'interrompit.

— Oui, bien sûr, tout ira bien. Nous ferons une fondation à ton nom et quelques galas de charité. Mais pour l'amour du ciel, enfile juste une de ces merveilleuses tenues et montre-nous l'Onyeka que tout le monde attend.

Elle se leva lentement de sa chaise, customisée avec son nom en lettres dorées, examina la régisseuse qui s'était placée dans le coin de la pièce, et se dirigea elle-même vers le showroom pour en ressortir au bout de dix minutes, vêtue d'une combinaison-pantalon basique de couleur marine.

— Voilà qui est mieux ! Elle se tourna vers la régisseuse.
Puis-je t'emprunter tes sandales, s'il te plaît ? Quelle est
ta pointure ?

— Euh je chausse du 39, mais…

— Parfait, je prends !

La jeune fille s'exécuta, et retira la paire en un temps
record, pour ne pas contrarier davantage la star.

Onyeka rejoignit le plateau et tourna la scène avec le
professionnalisme qui la caractérisait. Elle remercia
l'ensemble de son équipe pour le travail réalisé et le
soutien apporté. Des éloges qui laissèrent pantois, car
jamais elle n'avait pris le temps auparavant ne serait-ce
que de les saluer.

Le final fit comme prévu un carton sur les écrans, et les
fans cherchèrent comme toujours à se procurer les tenues
d'Onyeka. La star, incapable de citer la marque des
sandales lors de ses interviews, ce qui lui donnait peu de
crédit, demanda à Jerry d'y remédier et d'en trouver le
créateur.

Jerry se rendit dans l'atelier austère que lui avait indiqué la régisseuse, où un vieil homme maigrichon, vêtu d'un t-shirt noir trop grand à l'effigie de Tupac* et délavé au niveau du col, assemblait des chaussures.

— Excusez-moi chef. Jerry appelait les gens « chef » lorsqu'il voulait leur afficher une marque de respect. Êtes-vous l'homme à l'origine de cette paire s'il vous plaît ? dit-il en marchant vers lui.

Le vieillard s'essuya les mains pleines de cirage sur son pantalon, et lui prit les sandales des mains. Il en examina les coutures, et lui rendit aussitôt la paire.

— Bonjour petit. Bien que Jerry soit un homme d'une quarantaine d'années, les plus vieux continuaient de le qualifier de petit. Ce beau travail, rétorqua-t-il fièrement, c'est l'œuvre d'Akil, le jeune qui vient m'aider de temps en temps.

— Et où puis-je trouver cet Akil, s'il vous plaît ?

— Il est là tous les matins avant ses entraînements de boxe, mais je peux lui laisser un message si vous le souhaitez.

— Oui j'aimerais bien. Dites-lui de passer à l'agence MKS dès que possible et de demander Jerry.

145

— Entendu ! Seulement si vous m'achetez cette ceinture en cuir qui irait si bien avec votre pantalon, répondit l'homme un large sourire édenté aux lèvres.

Jerry tendit 15 000 nairas* au cordonnier, qui à sa réaction n'en espérait pas tant, et acheta la ceinture. Il la plia en quatre et la garda dans la main.

— N'oubliez pas, l'agence MKS. Nous sommes en face de la station Shell, c'est un immeuble avec de grandes portes orange, il ne pourra pas se tromper. Et surtout, dites-lui de bien demander Jerry.

— Vous pouvez compter sur moi, répondit le vieillard. Il recompta ses billets avant de saluer Jerry d'un geste de la main.

Akil se présenta à l'agence. Un immeuble d'une dizaine d'étages, pavé de baies vitrées.

Il poussa une des portes orange, et après s'être fait contrôler par un agent de sécurité, traversa le hall lumineux pour se rendre à l'accueil.

— Bonjour, j'ai rendez-vous avec un certain Jerry, dit-il à la fille de l'accueil, une jeune fille plutôt jolie avec une

146

perruque aux reflets roux sur la tête, qui se confondait avec la carnation de sa peau.

Celle-ci le regarda de haut en bas, un semblant de mépris dans le regard, et l'invita à patienter dans la salle d'attente. Elle se dit qu'Akil devait être comme tous ces jeunes sans talents, qui défilaient à l'agence en espérant devenir acteurs, et eu comme une envie de rire en se disant qu'un albinos avait encore moins de chance d'y parvenir.

— Akil ! L'homme de la situation, interpella Jerry. J'espère que je ne t'ai pas trop fait attendre.

Akil se leva de son siège un peu surpris par l'accueil que lui faisait Jerry, aux antipodes de celui réservé par l'hôtesse.

— Non pas du tout, je viens à peine de m'asseoir, répondit Akil en montrant le siège de la main.

— Très bien dans ce cas. Je suis Jerry. Suis-moi, nous serons mieux dans mon bureau.

Jerry se dirigea vers l'ascenseur et en passant demanda à la fille de l'accueil de faire envoyer des boissons fraîches pour son invité d'honneur.

— Oui tout de suite Monsieur Jerry, je vous fais apporter cela. Voulez-vous des noix de cajou grillées comme vous les aimez avec ça ? répondit celle-ci avec un immense sourire et un excès de zèle, laissant Akil ahuri.

— Oui, excellente idée Grace. Merci, dit Jerry en appuyant sur le bouton du neuvième étage.

Son masque de fayote tombait à mesure que les portes de l'ascenseur se refermaient. Elle fit un *tchip*, ce petit bruit de dédain universel consistant à mettre ses lèvres en avant et à aspirer de la salive entre ses dents. Et s'en alla accomplir sa mission.

Akil tapotait nerveusement sur l'accoudoir de sa chaise, pour éviter de se ronger les ongles risquant de paraître peu professionnel.

— Alors, tu sais pourquoi je te cherchais n'est-ce pas ? lança Jerry en basculant de tout son poids dans son fauteuil en cuir.

— Eh bien je ne sais pas vraiment. Le vieux m'a juste dit que vous lui aviez présenté une paire de sandales que j'ai fabriquée, et que vous lui aviez acheté une ceinture.

— En effet, je voulais rencontrer le créateur de ces petites pépites, répondit Jerry en exposant ladite paire sur son bureau.

Akil ne voulant pas montrer son incompréhension, après tout il s'agissait de sandales lambdas pour lui, fit mine de saisir ce que lui racontait son hôte, hochant la tête de façon robotique.

— Tout le monde les veut ! poursuivit-il. Onyeka est questionnée sur les sandales à chacune de ses interviews. Elle répond généralement que c'est le travail d'un ami, mais ils veulent en savoir plus, et nous voulons en avoir plus.

Ce nouveau personnage de star modeste, c'est un carton. Et si nous pouvions utiliser l'histoire d'un garçon comme toi, ça serait fantastique !

L'enthousiasme et le ton arrogant qu'employait Jerry irritaient légèrement Akil. Celui-ci lui parut peu digne de confiance, et il ne cessa de s'interroger sur l'intérêt qu'un garçon comme lui pouvait lui apporter.

— J'imagine que tu as été le plus heureux des hommes en voyant les sandales que tu as fabriquées aux pieds d'Onyeka, n'est-ce pas ?

— Pardon, mais, demanda Akil l'air candide, pouvez-vous me rappeler qui est Onyeka s'il vous plaît ?

Jerry se redressa lentement et reprit son ton pédant.

— Tu ne sais pas qui est Onyeka Sugar ? LA personne la plus connue du pays après le Président ?

Akil fit mine de réfléchir, une expression sérieuse sur le visage, s'en voulant de ne pas s'être informé sur une telle personnalité.

— Non je suis désolée, je ne vois pas. Mais j'irai me renseigner dès que je quitterai cette pièce.

— C'est très bien, et c'est nécessaire, répondit Jerry. Tu pourras la rencontrer en chair et en os très bientôt. C'est pour ça que je t'ai fait venir. Nous avons un travail pour toi.

Il ouvrit le classeur posé sur son bureau et présenta un document épais de plusieurs pages à Akil.

— Voici le projet. Tout y est écrit. Onyeka a besoin de polir sa nouvelle image, et nous avons pensé qu'un garçon comme toi méritait bien mieux que de travailler dans un atelier aussi... modeste. Alors nous te proposons de devenir le chausseur attitré de la star. Bien sûr, tu continueras ta formation en parallèle, mais avec les meilleurs du métier. Qu'en penses-tu ?

Akil feuilleta le document, essayant d'y capter le plus d'informations possible. Ses yeux qui déjà en temps normal bougeaient assez vite, faisaient de petits mouvements rapides de gauche à droite.

— Tu n'es pas obligé de nous donner une réponse tout de suite, reprit Jerry. Tu peux repartir avec, bien l'étudier chez toi avec tes parents, et ensuite seulement, accepter ou refuser l'offre. Bien sûr, s'il y a des choses que tu souhaites modifier ou proposer, tu peux nous le dire, et nous verrons ce qu'il est possible de faire. Mais de toi à moi, tu n'auras jamais deux fois une telle opportunité.

Akil hocha la tête en guise de remerciement, et prit le classeur que Jerry lui tendait. Jamais on ne lui avait demandé de choisir auparavant. Il s'adaptait à tout et acceptait le peu de choses auquel il semblait avoir droit, et ce, depuis tout petit.

Au même moment, Grace entra dans la pièce, avec un plateau en acier dans les mains, sur lequel reposaient deux bouteilles de sodas et une bouteille d'eau.

— Vos boissons Monsieur Jerry. Je vous sers ?

— Non merci, Grace. Nous allons nous débrouiller. Merci bien.

— Très bien. Je suis en bas de toute façon si besoin.

Elle se redirigea vers la porte et adressa un sourire à Akil en passant.

Ils discutèrent encore pendant un petit quart d'heure autour de leur verre, et Jerry en profita pour montrer quelques photos d'Onyeka au garçon, avant de se lever pour marquer la fin de l'entretien. Akil l'imita.

— Alors, disons à mercredi ? Ça te laisse deux jours pour prendre une décision, dit Jerry en fouillant dans ses poches. Tiens voici ma carte tu peux m'appeler dès que tu le souhaites, et là de quoi payer un taxi pour rentrer chez toi.

Akil prit l'argent et la carte, un peu mal à l'aise, et le remercia d'une voix basse.

— Mais je t'en prie mon cher Akil, ne sois pas timide. Lorsque nous travaillerons ensemble, tu verras que je ne mange personne. Je suis un chic type !

En repassant par le hall d'entrée, encore un peu perturbé par son rendez-vous, il salua Grace de la main. Celle-ci se leva de son siège, et avec un regard de biche et un sourire angélique, l'interpella pour lui faire signe de venir à elle.

— Alors ? Comment s'est passé ton entretien avec Monsieur Jerry ? Il t'a proposé un rôle ? demanda-t-elle comme s'ils avaient toujours été amis.

— Et bien je ne sais pas trop. Si par rôle tu entends chausseur d'Onyeka alors oui on me propose un petit rôle.

Elle se mit à rire en replaçant une mèche de cheveux en arrière.

— Mais c'est super Akil. Il fut surpris qu'elle l'appelle par son prénom. Tu as accepté j'espère ?

— Non pas encore. Je dois y réfléchir un peu.

— Mais il n'y a pas à réfléchir. Tu sais combien tueraient pour avoir cette chance ? Tu dois foncer, c'est tout !

— Oui, on verra bien... Il pressa le classeur contre sa poitrine et se dirigea vers la sortie. Au revoir et merci Grace.

— À très vite tu veux dire.

Il esquissa un sourire timide avant de quitter les lieux, se disant qu'après tout, cette fille n'était pas si désagréable.

Akil avait déjà fabriqué une quinzaine de paires de chaussures pour ce premier défilé de juin 2013. Sandales, chaussures de ville et escarpins confondus pour le show. L'évènement avait rassemblé toute l'élite nigériane, et Onyeka portait un modèle unique juste pour la soirée. Des sandales à talons qui lui sublimaient le pied.

Le chausseur en herbe, dans les coulisses, devait présenter sa propre collection de chaussures pour la première fois, et angoissait comme jamais il ne l'avait été auparavant.

— Comment ça va *darling* ? questionna Onyeka en rejoignant Akil avec un faux accent british.

— Ça pourrait aller mieux, répondit-il en cirant nerveusement et pour la troisième fois consécutive, le même soulier.

Onyeka lui retira l'éponge des mains et la posa sur la table, une expression de dégoût sur le visage.

— Akil, dit-elle d'une voix douce, tous mes amis sont là ce soir pour TON travail, et tout va très bien se passer, car cette collection, c'est de la balle ! J'ai envie de dormir avec ces chaussures tellement j'en suis amoureuse.

Akil retrouva un semblant de sourire.

— On va leur montrer qu'à dix-sept ans, avec du talent et de la volonté on peut faire des merveilles, continua-t-elle. Alors, essaye de te détendre un peu et viens manger quelque chose avec moi avant la présentation. Le traiteur a fait des mets délicieux et j'en profiterai pour te présenter mes copines actrices.

Akil lorgna une dernière fois ses créations, puis suivit sa cheffe.

Onyeka le présentait comme son poulain. Elle répétait à qui voulait bien l'entendre qu'elle avait su tout de suite qu'Akil avait des mains en or, et qu'elle avait bien fait de croire en lui.

Jerry arriva avec un peu de retard, une jeune et jolie jeune femme habillée tout en blanc à son bras. Elle avait la peau couleur caramel, des cheveux plaqués au gel en un chignon strict, et un rouge à lèvres écarlate à faire pâlir d'envie un ara. Le décolleté de son chemisier laissait entrevoir une poitrine ferme et bien haute, et une ceinture du même rouge que ses lèvres, venait marquer un peu plus sa taille fine.

Akil ne la quitta pas des yeux. Elle s'approcha de lui le sourire aux lèvres, et lui demanda si tout se passait comme prévu.

— Grace ? interrogea Akil les yeux hagards.

— En chair et en Hugo Boss *baby*, répondit-elle en faisant mine d'enlever de la poussière de son épaule pour frimer un peu.

— Tu es à couper le souffle. Je ne t'avais même pas reconnu.

— Oui je voulais me faire belle pour ta super soirée et Jerry m'a laissé choisir une tenue dans le showroom. Et puis si je veux que les P-Square me mettent dans leur prochain clip, il vaut mieux mettre toutes les chances de mon côté.

Ils rirent tous les deux.

— Je suis vraiment content que tu sois là, dit Akil en se grattant la tête, je suis vraiment stressé.

— Ne t'en fais pas, tu es le meilleur. Tu vas tout déchirer.

— Merci Grace.

— Excuse-moi, mais je suis majeure moi, alors je vais me prendre une bonne coupe de champagne. On se voit après le défilé ?

— Non ! Reste avec moi, s'entendit-il dire. Il voulut ravaler ses mots, mais c'était trop tard. Grace haussa les sourcils avant de lui sourire à nouveau et s'en alla au bar. Le défilé fut un succès, et les invités le firent savoir en acclamant Akil sous un tonnerre d'applaudissements. Certains se racontaient des choses à l'oreille, d'autres en profitaient pour s'éclipser directement et les quelques journalistes prenaient des photos.

Timide, il eut un moment d'hésitation pour rejoindre Onyeka qui l'appelait sur scène, comme si ses pieds refusaient d'avancer. Grace arriva derrière lui, et lui prit la main pour s'y rendre avec lui. Il se sentit rassuré, et alla saluer le public en tenant Grace par la main, sous le regard méfiant d'Onyeka et de Jerry qui eux connaissaient les réelles intentions de celle-ci.

Depuis la Libye, Gora expliqua au téléphone à sa femme qu'il n'avait pas réussi à avoir depuis plusieurs mois qu'il était très fatigué, que la vie était très difficile là-bas et que certains Arabes étaient méchants avec eux. On les avait dépouillés de leur argent et obligés à travailler pendant des heures avec des rémunérations insignifiantes. Heureusement, ils avaient trouvé un contact qui les emmènerait en France en traversant la Méditerranée en bateau pour d'abord rejoindre l'Italie. Il avait déjà appelé un ami qui vivait à Paris pour qu'il l'héberge une fois arrivé.

— Donne-moi le nom et le numéro de cet ami avant que ça ne coupe, répondit Zeyna sous pression.

— Attends, il est dans mon carnet... Tu as de quoi noter ?

— Oui, dis-moi vite.

— Il s'appelle Makhtar Diouf et son numéro est le 00-33-619-26...

L'appel coupa, elle se précipita chez le vieux Peul pour acheter du crédit. Lorsqu'elle rappela, le numéro ne sonna pas.

Elle essaya le lendemain et aussi les jours suivants et même plusieurs fois par jour, mais rien. Elle demanda même à la clinique si quelqu'un connaissait un Makhtar Diouf à Paris, mais rien. Elle pria constamment pour qu'il la rappelle à nouveau, mais il ne le fit plus jamais.

La combattante

Du côté du Congo, le ragoût avait laissé la gorge de Lalla en feu. Elle transpirait et se ventilait avec un vieux journal pendant que Myezi et Maka se tordaient de rire.

— *Eza** fragile hein Lalla. Lança Myezi riant aux larmes. Je n'y ai mis qu'un demi-piment et tu manques de mourir pour ça ? Je ne veux pas de problème avec les autorités hein !

— Si tu veux devenir une grande cheffe, il va falloir en mettre un petit peu moins ou demander aux personnes que tu sers si elles souhaitent manger pimenté ou non. Je ne sens plus ma langue Myezi, tu exagères, répondit Lalla agacée.

— Oh tout de suite les grands mots, dit-elle en remplissant de petits bols de son ragoût, est-ce qu'il est bon au moins ?

— Tu parles ! Il serait plus simple de le dire si je n'avais pas la bouche complètement anesthésiée.

— Elle a raison, dit Maka jetant un regard complice à Lalla. Il faut accepter ce type de critiques pour améliorer ta recette. Il faut que même les touristes *mundele**

159

puissent finir leurs plats, et qu'ils reviennent surtout. Il faut les fi-dé-li-ser !

— Donc c'est à la maigrichonne tout droit venue du fin fond d'un village sénégalais et qui vit depuis moins d'un an ici, et à ma petite sœur qui a pris trois cours d'économie avec la vendeuse de charbon qu'il incombe de me donner des leçons ? répliqua Myezi sur un ton sarcastique. On aura tout vu !

— Incomber ? répéta Lalla amusée, Chef Myezi nous sort le français avec un grand F pour son repas gastronomique Maka. Nous ne méritons pas d'être dans sa cuisine.

— Oui, c'est ça, moquez-vous. Quand j'aurai mon grand restaurant, que Rihanna viendra me féliciter en personne, et qu'elle parlera de mes sauces pimentées à souhait dans ses chansons, vous vous souviendrez de ce jour. Et je dirais à la télévision « je remercie tous ceux qui ont cru en moi, sauf Lalla et Maka ! ».

Elles rirent toutes les trois et Maka emporta une assiette de riz et un bol de ragoût à un client.

— Tu sais danser comme ça toi ? dit Myezi en faisant des mouvements circulaires avec son bassin, sur un fond *ndombolo**. Elle frappait dans ses mains et regardait en l'air, les lèvres incurvées vers le bas, lui donnant une expression de dégoût.

Lalla se plaça à côté d'elle, et elles reprirent toutes les deux la chorégraphie à la mode que tout Kinshasa dansait.

Maka se joignit à elles avec la ferme intention de les ridiculiser tant elle dansait mieux, et s'ensuivit une kyrielle de railleries en tout genre.

— Bon, je l'avoue, on devrait toutes prendre des cours avec Maka niveau déhanché s'écria Lalla faisant un tour sur elle-même. Si elle danse comme ça le jour où Fally Ipupa viendra manger, il voudra l'épouser c'est sûr !

Myezi s'arrêta net, ramassa la marmite pour aller la placer dans une bassine et faire la vaisselle, le visage fermé comme une huître.

— Mais enfin qu'est-ce que j'ai dit encore, grommela Lalla en s'arrêtant à son tour. C'est toujours pareil ! On s'amuse bien, et dès que madame décide de faire sa rabat-joie, nous, on est mal à l'aise sans savoir pourquoi. Ces changements d'humeur sont pénibles à la fin !

— Ne sois pas si susceptible Lalla, répondit Maka conciliante, essaye de la comprendre. C'était une journée fatigante et on a dû servir beaucoup de monde. Ça lui passera comme à chaque fois, ne t'en fais pas.

— Je sais que ça lui passera, mais moi je culpabilise à chaque fois et sans raison apparente, elle pourrait au moins dire de quoi il s'agit plutôt que de bouder comme une enfant alors que c'est elle l'adulte.

— Bon, ça suffit, vient m'aider à rabattre le parasol, et oublie ça ma copine, ordonna Maka en la poussant doucement sur le côté.

— Tu as raison. De toute façon, je dois rentrer chez moi.

— Tu viens avec nous chez Kimia ce soir ? Il y aura de la bonne musique comme toujours.

— Non Maka, tu sais très bien que ma mère ne voudra jamais, rétorqua Lalla. Laisse tomber avec ça.

— Mais tu as 16 ans, tu n'es plus un bébé. Tu veux que je vienne avec toi demander la permission à ta mère ?

— Euh, non, pas la peine, tu sais c'est la maman ultra-protectrice donc ça n'y changera rien, répondit précipitamment Lalla.

— Oui, mais peut-être que si elle nous voit Myezi et moi elle sera rassurée. D'ailleurs on ne l'a toujours pas rencontrée, ça serait l'occasion.

Lalla prétexta une urgence pour se défiler, tapa dans la main de Maka, donna une caresse sympathique dans le dos de Myezi et fila comme une flèche.

À table, elle suggéra à sa mère d'essayer la recette du fufu, une pâte à base de manioc. Plutôt que de placer les morceaux de manioc directement dans la sauce. Cela changerait de ce qu'ils avaient l'habitude de manger et se marierait parfaitement avec la sauce aux arachides. Zeyna garda sa cuillère de riz suspendue sans la porter à sa bouche, en dévisageant sa fille.

D'où pouvait bien lui venir une telle culture ? s'interrogea-t-elle. Certainement pas dans les livres. Des recettes ? D'accord. Mais savoir quelle épice relèverait quel plat, ou encore comment cuisiner tel ou tel aliment, il fallait y avoir goûté pour donner un avis. Et puis elle avait bien vu comment elle s'appliquait et insistait pour cuisiner. Sa façon de fredonner sans cesse des chansons inconnues, et de bouger le derrière. Sa manière de prendre soin de son allure et de vouloir changer de coiffure si souvent. L'hypothèse du petit ami secret, lui faisant découvrir de nouvelles choses et braver des interdits, semblait se confirmer. Sa fille devenait une femme et par conséquent, elle lui cacherait bien des choses. Elle jeta un œil à Hamdine dont la voix avait mué et qui ressemblait de plus en plus à son père et eut un léger pincement au cœur : ils étaient sur le point de devenir adultes !

— Dis-moi, dit Zeyna sur un ton inquisiteur, c'est chez Djoumi que tu apprends à cuisiner tous ces trucs ? Étant donné que tu y passes beaucoup de temps, j'ai pensé que ça devait sûrement venir de là-bas.

— Pas toujours, répondit Lalla en avalant, Djoumi est une excellente coiffeuse, mais quand elle s'essaye en cuisine tout le monde fuit maman.

— Elle essaye de nous empoisonner tu veux dire, dit Hamdine en ricanant. Si elle n'était pas aussi jolie, les gars ne prendraient même pas la peine de goûter les *fatayas* qu'elle vend.

— Les gars ? De quels gars parles-tu Hamdine ? Dit Zeyna inquiète, son gobelet d'eau prêt à lui glisser des mains.

— Bah les gars maman ! Mes copains, les copains du frère de Djoumi, les copains des copains du frère de Djoumi… Bref les gars quoi !

— Et lorsque tu te coiffes Lalla, tous ces « gars » traînent dans les alentours ?

— Ça dépend, des fois après un match de foot ou un combat de lutte il y a un peu plus de monde oui, mais sinon c'est pas non plus la grosse foule tous les jours, dit-elle l'air complètement détaché. Et puis de toute façon ils sont tous cool donc tout va bien.

Zeyna manqua de s'étouffer, et toussa sans parvenir à s'arrêter, tant l'attitude de sa fille la déconcerta. Elle reprit son souffle et lança :

— Et il y a un garçon en particulier avec qui tu passes plus de temps que les autres ?

Hamdine et Lalla surpris, se regardèrent avant de se tourner vers leur mère.

— Qu'est-ce que tu insinues Maman ? demanda Lalla, les sourcils relevés.

— Je n'insinue rien du tout. Je veux juste que vous sachiez que vous pouvez tout me dire. Je suis votre amie.

Les enfants pouffèrent avant de se lever pour débarrasser et embrasser leur mère.

— T'inquiète maman, tu seras toujours notre amie, dit Hamdine la main sur l'épaule de celle-ci, c'était bien tenté cela dit.

Elle se retrouva seule à table la main sous le menton et la mine désespérée, imaginant les pires scénarios devant chez Djoumi. L'envie de les y espionner déguisée en vieille dame trapue lui traversa l'esprit. Elle se sentit ridicule d'avoir de telles pensées et se leva pour aller regarder la télénovela avec ses enfants.

La *malewa* de Myezi, une espèce de petite gargote de rue où les gens achetaient à manger, était toujours pleine de monde. Des étudiants, des jeunes travailleurs, des chauffeurs de taxi et même des commerçants, se bousculaient sous son parasol vert et blanc pour être sûrs d'avoir leur ration.

Il y avait plein d'autres *malewa* dans la rue, mais Myezi était de loin celle dont les mets remportaient le plus de succès. Le CD de Koffi Olomidé tournait en boucle dans son poste écarlate, et l'odeur délicieuse de ses plats venait titiller les narines et creuser l'estomac.

Lorsque Lalla arrivait chez les filles, elle prenait directement part à l'équipe et aidait les deux sœurs à faire le service. Toutes les journées ressemblaient à des fêtes. Elles riaient avec les clients, et leur promettaient à chacun de mettre leurs plats préférés comme plat du jour le lendemain, bien que cela ne soit pas toujours vrai. Lalla répondait en français lorsqu'elle n'arrivait pas à baragouiner en lingala, et Maka passait derrière lui porter secours, et elles dansaient ensemble en ramassant les gamelles vides.

— Tu as vraiment manqué le show chez Kimia la dernière fois, dit Maka folle de joie. Est-ce que je t'ai déjà dit que c'était la meilleure soirée de ma vie ? Kimia avait annoncé une surprise, et tout le monde s'impatientait, et là au milieu de nulle part, le King est arrivé. Le grand et l'unique Papa Wemba en chair et sape Lalla ! Il est arrivé avec cette chanson qu'on aime tant, et la foule a commencé à brailler…

— On a compris Maka, la coupa Myezi, c'était il y a un mois et tu nous l'as raconté un nombre incalculable de fois. Lalla va finir par croire qu'elle y était.

— Très drôle Myezi, répondit Lalla avec une grimace.

— Je n'y peux rien si c'était trop bien moi. « Comprenez mon émotion »* dit Maka en portant ses mains à sa poitrine, avant d'enchaîner le pas sur le rythme de la musique.

Myezi souriait en voyant sa sœur si folâtre, et ajouta des oignons émincés à sa préparation.

— C'est vrai que c'était quelque chose, dit-elle. Viens avec nous demain soir on y retourne. Pas sûre qu'il y aura encore le King, il ne faut pas rêver non plus, mais c'est toujours super là-bas.

— Oh tu sais Myezi avec ma mère…

Myezi l'interrompit.

— Oui c'est compliqué avec ta mère Lalla, on connaît la chanson. Mais j'ai 25 ans, je suis une adulte responsable, elle peut avoir confiance en moi tu sais. Laisse-moi lui parler, tu verras qu'elle finira par accepter. Tu deviendras une vraie Kinoise* après ça.

— Ce n'est pas nécessaire, répondit Lalla, je lui en toucherai un mot promis. Peut-être qu'elle dira oui. Elle se retourna brusquement et alla rejoindre Maka. Elle n'avait pas avoué aux deux sœurs qu'elle n'était pas du coin, elles pensaient qu'elle n'habitait qu'à quelques rues.

Lalla avait fait mine d'aller se coucher plus tôt ce soir-là. Zeyna l'embrassa pour lui souhaiter bonne nuit et elle fit un *check* à Hamdine avant de rejoindre sa chambre. Elle enfila une robe blanche avec une large ceinture dorée autour de la taille, et mit une paire de chaussures à talon dans son sac. Elle avait emprunté la tenue complète à Djoumi. Elle mit les savates, passa ses grandes jambes par la fenêtre, et la laissa entrouverte. En marchant sur la pointe des pieds pour éviter de faire du bruit, elle écrasa une branche qui sous son poids, fit un énorme craquement. Elle se précipita sous le manguier pour se cacher, et vit la torche de Lamine parcourir le mur à la recherche de la source du bruit, avant de passer son chemin. Elle respira doucement le temps de ralentir son rythme cardiaque et partit pour Kinshasa.

— Waw Lalla. *Éza kitoko** ! Tu es belle comme un cœur, s'écria Myezi.

— Merci, répondit-elle timidement. Mais à côté de vous c'est bien modeste, vous êtes ravissantes les filles.

— C'est vrai qu'on est pas mal, on fait une belle brochette de Super Nanas ! ajouta Maka en faisant mine d'enlever de la poussière, en tapotant sur son jean déchiré aux genoux.

Maka portait un de ses jeans à la mode qui moulait ses fesses hautes et rebondies, avec un top orange à fines bretelles qui laissait entrevoir une partie de son ventre. Elle disait que de cette manière, on verrait mieux ses mouvements de reins comme les danseuses dans les clips. Myezi était quant à elle habillée de manière plus sobre. Elle portait une longue jupe noire, avec une fente au niveau du mollet droit, et un t-shirt rouge à col rond qui enveloppait son énorme poitrine. Des chaussures à talon compensées et un gros sac marron à motif, une imitation d'un sac de luxe, venaient compléter son look.

Les deux sœurs ne se ressemblaient en rien. Maka ne pensait qu'à faire la fête, trouver un moyen pour pouvoir s'acheter plus de vêtements branchés, et était plus en chair que Myezi. Elle décolorait ses cheveux pour les avoir les plus blonds possible et les coupait très court.

Myezi était plus mince, mais sa grosse poitrine lui donnait l'impression d'être plus forte quand elle portait de larges boubous. Elle avait la peau un peu plus claire que Maka, et rien ne la rendait plus heureuse que de concocter et d'inventer des plats. Elle avait parfois ce vide dans le regard qui lui donnait l'air triste, mais avait toujours les mots justes pour remonter le moral ou pour faire rire. Elle brossait tantôt sa chevelure vers l'arrière, l'attachait en chignon ou faisait des nattes collées qui tombaient sur le côté.

Elles montèrent toutes les trois dans un taxi, serrées à l'arrière avec une autre femme, la place à l'avant côté passager étant déjà prise. Les gens partageaient souvent les taxis en ville. Lalla s'émerveillait de sa fenêtre en découvrant Kinshasa la nuit. Les gens sortaient et buvaient des bières assis sur des chaises de jardins ou de vieilles jantes. Mettaient de la musique à fond avec les autoradios, et dansaient et discutaient en plein air. La fumée épaisse des brochettes cuites au feu de bois venait se mêler au décor, et donner à l'air brumeux une impression de vieux film en noir et blanc.

Chez Kimia, la musique était si forte, que l'on s'entendait à peine parler. De grosses enceintes entouraient la piste de danse, les corps en sueurs gigotaient dans tous les sens, et la boisson coulait à flots.

Maka apporta une bouteille de bière et en proposa à Lalla.

— Je ne peux pas boire ça Maka, c'est pécher de boire de l'alcool. S'écria Lalla dans le brouhaha.

— Oh, mais on fait la fête ma belle, répondit Maka, on ne fait rien de mal. Allez, goûte, juste une gorgée. Ce n'est pas avec ça que tu vas être ivre je te rassure.

Lalla pensa à tous les interdits qu'elle bravait chaque jour. Après tout, elle venait de faire le mur. Quoi de pire que de faire le mur ? Au point où elle en était, connaître le goût de la bière ne lui sembla pas si grave. Elle prit la bouteille des mains de Maka et la porta à sa bouche pour en gober une gorgée. Le goût amer et malté lui agressa les papilles. Elle n'avait qu'une envie c'était de boire une boisson sucrée, et se débarrasser de cet horrible goût sur la langue.

— Mais comment pouvez-vous boire ça ? rétorqua Lalla, l'air dégoûté.

— Oh tu sais on s'habitue, dit Maka en lui reprenant la bouteille, quand elle est bien fraîche, c'est parfait !

Elle tourna les talons et alla rejoindre la piste en se dandinant, tenant sa bière en l'air.

— Les Kinois sont si bien habillés, commenta Lalla, ça se voit que la mode est importante ici.

— Quoi tu trouves que les gens sont si bien habillés que ça toi ? répondit Myezi. Les Kinois sont de petits joueurs par rapport aux Sud-Africains. Si tu veux voir de super looks colorés, branchés et originaux, c'est à Pretoria que ça se passe. Il y en a quelques-uns qui sont passés en ville, Maka était complètement bluffée, c'est limite si elle ne voulait pas les suivre pour toujours celle-là. Allez, viens, on va danser.

Elle l'attrapa par le bras, et l'emmena sur la piste de danse se mêler à la foule, et faire le meilleur mouvement. Un garçon charmant avec une chemise rayée se rapprocha de Lalla pour danser face à elle, et lui fit un immense sourire. Intimidée, elle lui sourit à son tour et continua à danser avec lui. Il avança encore et tenta de lui dire un mot à l'oreille, mais Myezi s'interposa et fit mine de danser face à Lalla. Le garçon rebroussa chemin en faisant un geste de la main, et elles gloussèrent toutes les deux en se déhanchant.

Myezi était de l'autre côté du trottoir et faisait signe aux taxis de s'arrêter, mais ils étaient déjà presque tout pleins. Il était trois heures du matin et beaucoup quittaient la fête pour rentrer chez eux.

Le garçon à la chemise rayée et un ami allèrent accoster Maka et Lalla.

— J'ai cru que je ne pourrais jamais t'approcher avec ton garde du corps. Lança le garçon en s'adressant à Lalla.

— Qui Myezi ? répondit Maka un peu éméchée, c'est un vrai soldat tu veux dire. Elle nous protège.

— Mais nous sommes de gentils gars, on ne vous veut aucun mal.

— Oui, mais on ne vous connaît pas alors c'est normal qu'elle le soit. Répliqua Lalla.

— J'aime beaucoup ta coiffure, dit le deuxième garçon en touchant la tête de Maka, une vraie danseuse de Koffi !

Maka fit un pas en arrière, choquée par le geste du garçon et leur souhaita bonne soirée. De quel droit avait-il osé toucher sa tête. Le même garçon lui attrapa le bras fermement l'empêchant d'avancer.

— Mais où tu vas ? Je te fais un compliment et toi tu te braques, c'est pas cool.

Lalla retira violemment sa main du bras de Maka, et fixa le garçon. Au même moment, Myezi débloula comme une furie et hurla sur les deux jeunes garçons.

— Vous les laissez tranquilles ou ça va très mal finir, éructa-t-elle avec rage.

— Tiens voilà le garde du corps ! dit le deuxième garçon, On veut juste s'amuser et c'est pas à toi qu'on parle.

Myezi le bouscula violemment et il manqua de perdre l'équilibre. Il revint à la charge en profanant des injures et Myezi sortit un gros couteau de cuisine de son sac. Sous le regard terrorisé de Lalla et de Maka.

— Qu'est-ce que tu vas faire ? criait-elle. Tu crois qu'on ne sait pas se défendre ? Tu crois qu'on a peur de toi ? Approche ! APPROCHE j'te dis.

Les deux garçons marchèrent à reculons, traitant Myezi d'hystérique, et s'en allèrent.

175

Lalla était en larmes et tremblait comme une feuille, tant la scène à laquelle elle venait d'assister l'angoissa. Maka la consola en passant la main dans son dos, et elles avancèrent toutes les trois en silence jusqu'à la route, avant de trouver un véhicule et d'y monter.

Lalla se fit la promesse de ne plus jamais faire le mur en pleine nuit pour aller dans ce genre de lieu. Si Myezi avait blessé ou tué un de ces garçons, la soirée aurait viré au drame, et elles iraient en prison. En prison à Kinshasa. Le jeu n'en valait pas la chandelle.

Le surlendemain de la soirée, Myezi était au-dessus de sa marmite, remuant la sauce avec de grands mouvements circulaires, quand Lalla arriva après ses cours. Elle ne disait pas un mot.

Maka faisait mine de taquiner la vendeuse de charbon avec une attitude peu naturelle, et celle-ci lui rendait imitant sa façon de danser.

— Ça va Myezi ? demanda Lalla d'une voix douce.

— Oui, tout va bien. Désolée de t'avoir fait peur la dernière fois, ce n'était pas mon intention.

— Je ne t'en veux pas, Dieu merci, tout s'est bien fini. Mais un couteau de cuisine dans ton sac Myezi? Sérieusement?

— Qu'est-ce que tu connais du danger Lalla? rétorqua-t-elle en continuant à remuer doucement.

— Et bien, je sais que blesser quelqu'un avec un couteau, c'est la prison assurée. Je sais que c'était pour nous protéger, mais tu ne trouves pas que ta réaction a été excessive?

Myezi s'arrêta de remuer et retira la marmite du feu pour la poser au sol. Elle s'essuya le front avec son boubou, et se tourna vers Lalla.

— Je suis désolée, répéta-t-elle avec une voix calme, ma réaction a été excessive. Et tu sais ce qu'il y a d'autre d'excessif? C'est de voir sa maison détruite par des bombardements. C'est de voir ses parents, et toutes les personnes que l'on connaît mourir sous nos yeux et ne rien pouvoir y faire. C'est d'avoir tellement faim que l'on s'évanouit par moments. C'est de voir des soldats te menacer avec des armes, et souiller ton corps à tour de rôle, jusqu'à ce que ton corps non soigné se mette à pourrir et qu'il ne dégage des odeurs nauséabondes. C'est de se réveiller tous les jours et de se dire qu'on aurait préféré mourir. C'est d'être abandonnée par son fiancé lorsqu'il apprend que tu as été violée. Et c'est de devoir fuir de chez soi avec sa petite sœur comme unique famille, et la sauver elle de toutes ces atrocités. C'est ça l'excès Lalla. L'excès d'horreur.

Lalla s'adossa à la table bouleversée par ce récit.

— Nous sommes originaires du Kivu, et n'avons connu que la guerre et la famine, reprit-elle. Maka et moi on a réussi à s'enfuir et arriver jusqu'ici, mais tout le monde n'a pas cette chance. Encore aujourd'hui le peuple souffre dans cette région, il y a des morts par centaines de milliers, complètement abandonnés du reste des humains. Et tout ça pour quoi ? Pour que des personnes qui n'en ont rien à faire de nous s'enrichissent et nourrissent leur égo.

En arrivant à Kinshasa, nous nous sommes senties en sécurité pour la première fois de nos vies. Mais la peur ne cesse de me hanter. Je ne veux plus jamais revivre ça. Je n'avais pas cette aversion pour les hommes auparavant. J'aimais rire et j'aimais l'amour, car je suis une grande romantique. Mais ce que j'ai vécu m'a traumatisée et je donnerais ma vie pour que Maka n'ait jamais à vivre ça.

J'ai découvert la cuisine par hasard, car une dame que je ne remercierais jamais assez a bien voulu m'engager avec un autre boy pour entretenir sa maison et préparer le repas. J'ai appris à marier les saveurs, à savourer les parfums, et à sublimer les plats. J'y ai aussi appris le lingala, et amélioré mon français. Je me sentais bien, et la cuisine était mon exutoire. Avec le peu d'argent que je gagnais, je préparais quelques plats et Maka était chargée d'aller les vendre au marché. Elle remplissait les gamelles des clients tous les jours et ils en redemandaient. Voilà comment petit à petit nous avons pris notre indépendance, et avons ouvert notre *Malewa* avec notre fameuse sauce « Poundu Champs-Élysées ». Et un jour, j'aurais mon propre restaurant gastronomique dans la capitale Mama !

Lalla essuya ses larmes, et enlaça Myezi de toutes ses forces. Celle-ci l'enlaça à son tour et la caressa avec tendresse.

— Tu l'auras ton restaurant Myezi, et tout le monde s'y bousculera, j'en suis sûre. Je n'ai jamais mangé des plats aussi bons. Tu sais tout faire et c'est injuste pour nous autres.

— Dans ce cas j'ouvrirai une académie pour les nuls en cuisine et tu en seras l'ambassadrice. Maka les rejoignit, s'appuyant de tout son poids sur Myezi qu'il la repoussât en rigolant.

Le plan d'action

Lalla surprit une conversation entre sa mère et Founé, la femme de son oncle Ama parti avec son père. Les deux femmes parlaient d'une somme qu'elles devaient réunir, et d'un moyen d'y parvenir, lorsque Zeyna aperçut Lalla.

— Tu rentres tôt aujourd'hui chérie. Que se passe-t-il ?

— Je rentre à cette heure-ci presque tous les jours maman, c'est toi qui n'es pas censé être à la maison, dit Lalla en posant son sac sur le sol. Où est Hamdine ? Bonjour tata Founé.

— Bonjour ma fille, répondit Founé, en reniflant comme une personne qui venait de pleurer.

— Ah oui Hamdine, je l'avais oublié, répondit Zeyna l'air étourdi, il doit être en chemin. Va le rejoindre pour rentrer s'il te plaît.

— OK… Ça va maman ? Tout va bien ?

— Oui, bien sûr ne t'en fais pas, tu sais nos histoires de village, hein.

— Tu es sûre que ça va ?

— Mais oui je te dis, arrête avec tes questions et va plutôt chercher ton frère.

Elle s'exécuta et s'en alla rejoindre Hamdine, perturbée par ce qu'elle venait d'interrompre.

Hamdine avait changé. Il était devenu adolescent, avait la même démarche nonchalante que son père et restait toujours tout seul depuis que son frère jumeau était parti. Il n'avait plus envie de rire, et affichait un air sérieux même lorsque sa sœur essayait de le divertir.

Lalla lui raconta la scène à laquelle elle venait d'assister, et Hamdine y prêta peu d'intérêt.

— Tu ne trouves pas ça étrange toi que tata Founé et maman soient à la recherche d'une « somme » ? demanda Lalla à son frère.

— Ça doit être pour le village, ou une cotisation pour une tontine* je sais pas moi, arrête de toujours t'inquiéter pour rien. C'est chiant ! répondit Hamdine l'air las.

— Non, mais tu aurais dû voir leur tête, elles avaient l'air inquiètes j'te dis. Tu penses qu'il est arrivé quelque chose à tonton et à papa ?

— Mais j'en sais rien moi. Dit-il sèchement pour couper court à la conversation.

Elle n'insista pas et marcha en silence à ses côtés. Il avait vraiment changé, se répéta-t-elle.

Lorsqu'elle rentra le soir chez elle avant sa mère, elle se mit à fouiller la chambre de celle-ci à la recherche d'informations. La présence de sa tante en pleurs la hantait, et il était évident que quelque chose clochait. Elle souleva le matelas et découvrit plusieurs billets, sans doute une partie de ses économies se dit-elle, puis tenta d'ouvrir le tiroir de la commode, mais il était verrouillé cette fois, il fallait donc dénicher la clef, mais impossible de mettre la main dessus après avoir inspecté toute la maison. Une succession de nuits blanches s'ensuivit pour Lalla, où l'incapacité de connaître la position de son père l'empêchait de dormir correctement.

Lalla suivait le groupe de personnes, comme si elle y avait été invitée, écoutant d'une oreille attentive les explications de la guide sur l'église de Church Square.

Celle-ci était assez ronde, la peau couleur cannelle et les cheveux rasés sur les côtés laissant une petite quantité de cheveux sur le haut du crâne, attachée en chignon. Elle portait une veste et un pantalon marine sur une chemise blanche, une sorte d'uniforme assez stricte en décalage avec sa coiffure.

Lalla prenait des notes en avançant avec la foule, le regard plongé dans son cahier. Lindiwé, la guide, se plaça devant elle, et Lalla se heurta à elle.

— Ces personnes ont payé pour la visite guidée. Tu as payé toi ? lança Lindiwé, l'air de ne pas plaisanter.

Lalla, mal à l'aise, se confondit en excuses, et rangea aussitôt le cahier dans son sac.

— Excuses acceptées, dit Lindiwé, mais as-tu de quoi payer ? dit-elle avec plus de douceur.

— Non je n'ai pas de rand, le rand étant la monnaie sud-africaine, je n'ai que de francs CFA et quelques shillings tanzaniens. Mais je peux les convertir et te payer si tu me laisses un peu de temps pour le faire, dit Lalla en tapotant sur son sac avec la main.

— Mais non ce n'est pas la peine. En revanche tu ne peux pas rester dans le groupe, car nous devons continuer le circuit et que les participants sont comptés.

— Ah je suis confuse, je ne voulais pas...

— Ce n'est rien, j'te dis. Je m'appelle Lindiwé. Tu peux passer au Club Hall de l'université si tu veux. J'y suis tous les jours dès dix-sept heures. Je te dirai ce que tu veux savoir sur la ville, et même sur le pays. Enfin ce que je sais.

— Oui, ça serait super, merci.

— Mais je t'en prie.

— Où se trouve l'université ?

— Mon Dieu, tu n'es vraiment pas d'ici, c'est certain. Répliqua Lindiwé avec un sourire laissant apparaître ses gencives brunes. T'auras qu'à demander aux gens dans la rue ou demander les Union buildings. Tu verras c'est facile à trouver. Moi je serai dans un des bâtiments sur ta gauche quand tu rentres sur le campus par l'entrée principale. Je suis désolée, mais il faut vraiment que j'y aille.

— Oui, oui, bien sûr, quand pourrais-je venir te voir là-bas ?

— Mardi, passe le mardi ok ?

— Oui, merci encore.

Lindiwé retourna en tête de file et poursuivit la visite.

L'université était immense. Un véritable labyrinthe où bon nombre d'étudiants s'entrecroisaient pour se rendre d'un des nombreux bâtiments à un autre. Une grande partie de ces jeunes étaient blancs, certains blonds aux yeux bleus lui donnant l'impression d'être une des protagonistes d'une série américaine. Elle comprit assez vite qu'ils s'exprimaient dans un langage inconnu.

Le Club Hall était un bâtiment écru sur deux étages en plein cœur du campus principal de l'université de Pretoria. Il avait un côté moins moderne que certaines infrastructures de la zone, avec de grandes portes et des volets en bois, ainsi qu'un long hall d'arcades propre à certaines fondations de l'époque coloniale.

Lindiwé était installée sur une table au fond de la cafétéria du Club, avec une pile de bouquins qu'elle dévorait.

Son look était différent de la fois où elles s'étaient rencontrées. Elle portait un large pantalon en lin couleur rouille, un t-shirt blanc près du corps, un collier en perles et en plumes, ainsi que de grosses lunettes rondes. Elle avait appliqué sur ses lèvres un rouge à lèvres d'un rouge presque noir qui sublimait son visage arrondi.

Lorsqu'elle aperçut Lalla, elle lui fit signe de venir s'installer face à elle, et en profita pour lui commander un jus de fruits.

— Alors tu n'as pas eu trop de mal à trouver ? Au fait c'est quoi ton prénom, je crois que je l'ai oublié ?

— Non c'était assez facile. Je m'appelle Lalla, je n'avais pas eu le temps de me présenter la dernière fois.

— Ah oui exact. Et d'où viens-tu Lalla ? demanda-t-elle. Je n'arrive pas à reconnaître ton accent ?

— Je viens du Sénégal.

— Du Sénégal ? En effet tu viens de loin, tu parles bien l'anglais en tout cas, dit Lindiwé en empilant quelques livres sur un tabouret. Et pourquoi tu es en Afrique du Sud ?

— Ah, euh, juste pour visiter, j'ai une amie qui m'a conseillé de venir voir, alors je suis venue.

— Depuis le Sénégal ? Tes parents doivent être riches, un truc dans le genre.

— Non ils ne le sont pas justement, je me débrouille avec mes propres moyens. Des fois j'aide mon amie Djoumi à coiffer des clientes par exemple.

— Et tu gagnes bien ta vie ?

— Non, enfin pas vraiment, je suis toujours au lycée.

— Ah oui d'accord je vois. Tu as un *sugar daddy* c'est ça ? Dit Lindiwé en portant sa paille à ses lèvres.

— Un quoi ?

— Un *sugar daddy*, un homme un peu plus âgé qui te paye tout ce que tu veux en échange de quelques petits services, si tu vois ce que je veux dire.

— Non je ne vois pas ce que tu veux dire, éclaire-moi, demanda Lalla naïvement. Lindiwé l'observa avec curiosité, et réalisa la maladresse de ses propos.

— Rien, laisse tomber. Mais ça veut dire que tu es seule ici ? Tu n'as personne pour t'accompagner ?

— Eh bien non, je découvre tout juste, et puis j'ai l'habitude de visiter seule.

— Oui, mais on n'est pas au Sénégal ici Lalla. Il y a des endroits et des heures où on ne se promène pas comme on veut chez nous. Et surtout quand on est une jeune fille.

— Je ne le savais pas, répondit Lalla, je pensais que si je ne traînais pas trop tard tout se passerait bien.

— Alors, détrompe-toi. D'ailleurs où est-ce que tu dors ? Tu es ici pour combien de temps ?

Elle bégaya.

— Euh… eh bien, c'est-à-dire que…

— Tu n'es pas obligé de me le dire si tu n'en as pas envie, tu sais.

— Oui, je préfère le garder pour moi pour l'instant.

— Compris, mais sache que dorénavant on pourra passer du temps ensemble si tu veux. Je t'accompagnerai, OK ?

— Merci, Lindiwé, mais je ne veux pas te déranger.

— Non, ça me fait plaisir, vraiment, dit-elle en buvant une gorgée. Je veux que tu sois en sécurité par ici. Tu sais c'est un privilège pour moi d'avoir des amies étrangères, je suis sûre que tu as plein de trucs à m'apprendre en plus. Tu feras quoi comme études après le lycée ? Ou plutôt quel métier tu veux faire plus tard ?

Lalla griffonna dans son cahier avant de lui répondre qu'elle souhaitait devenir journaliste. Elle en avait discuté avec Elijah qu'elle retournait voir de temps à autre et cette vocation avait émergé naturellement.

— Mais c'est super ça, même si en général les parents noirs aiment moyennement cette profession. C'est très bien, je t'encourage à 100 %.

— Et toi qu'est-ce que tu étudies ?

— J'ai eu ma licence de droit cette année, et j'étudie aussi l'histoire et la géographie dans le but de devenir enseignante. Je dispenserai des cours en langue Zulu si Dieu m'en donne l'occasion.

— Le zulu c'est la langue qu'ils parlent presque tous sur le campus ? Parce que je ne comprends rien du tout à ce qu'ils racontent.

— Qui les blancs ou les noirs ? demanda Lindiwé.

— Ils étaient blancs ceux dont je te parle.

— Non ça, c'est de l'Afrikaans, c'est encore une autre langue du pays, mais qui ne tire pas ses origines des mêmes peuples. Moi je viens de l'ethnie des zulu. Je t'apprendrai quelques mots de base si tu veux.

— Oui j'adorerais !

— Écoute, tous les dimanches après-midi on se rejoint chez Jabu, mon petit copain. Il y a presque tous nos amis, on mange, on boit et on rigole, et surtout on parle de sujets qui nous tiennent à cœur, qu'ils soient d'actualité ou non. Tu devrais venir, tu verras c'est très sympa.

— Oui ça m'intéresse. Je viendrai quand je le pourrai.

— Super ! On va bien s'amuser tu vas voir.

Un jeune homme déposa le jus de fruits sur la table, et Lindiwé le décala vers Lalla pour lui offrir. Elles restèrent une petite heure à faire connaissance, et se donnèrent rendez-vous dans le parc du campus quotidiennement à partir de ce jour.

La première fois qu'elle rejoignit Lindiwé un dimanche avec ses amis, Lalla ne sut comment se comporter. Ils avaient tous l'air sûrs d'eux, avec des looks tous plus soignés les uns que les autres. Certains arboraient même des bretelles sur leurs pantalons, et portaient des chapeaux très classes qui leur donnaient un look rétro bien maîtrisé. Lalla les enviait. Jamais elle ne leur ressemblerait sans avoir l'air ridicule se disait-elle, Myezi avait raison. Lindiwé dans une robe à pois rose et blanche qui lui arrivait aux genoux, lui présenta Jabu en tenant celui-ci par la main. Elle avait séparé ses cheveux en deux couettes laissant apparaître les parties rasées, et portait de grosses boucles d'oreilles créoles dorées. Lalla n'avait jamais rencontré une fille avec un embonpoint dégager autant d'éclat et de confiance en elle, et elle l'admirait comme une pop star pour ça.

Ce jour-là dans un brouhaha de parole, le débat tournait autour d'élections présidentielles d'un pays voisin qui semblait être le Malawi. Lalla n'y comprit rien, car en plus de parler fort, ils mélangeaient plusieurs langues lorsqu'ils argumentaient, alors elle ne fit que les observer, et prendre des notes. Elle aimait l'ambiance, qui lui rappelait un peu celle de chez Djoumi, où chacun voulait donner son point de vue, et où certains avançaient des inepties juste pour faire rire l'assemblée.

Un autre dimanche, les échanges étaient sur l'identité, et l'éducation. Lindiwé monopolisait la parole en affichant au mur une carte du monde, qu'elle avait collée dans le mauvais sens. Lalla essaya de l'en informer discrètement et Lindiwé lui confirma que c'était bien le sens dans lequel elle voulait qu'il soit.

— Vous voyez les gars, ça, c'est une carte australienne, dit Lindiwé en poussant doucement le bras de Lalla pour que tout le monde puisse voir la carte.

— Tu veux qu'on aille vivre là-bas ma chérie ? demanda Jabu en portant une cigarette à sa bouche.

— Laisse tomber mec, il y a des surfeuses super mignonnes là-bas, il faut y aller célibataire. Rétorqua un autre, avant de recevoir la bouteille en plastique de Lindiwé sur la tête.

Tout le monde s'esclaffa.

— Non, mais soyez sérieux s'il vous plaît. Cette carte est épatante, et les Australiens ont tout compris. Regardez, ils se sont mis au centre de la carte, et vu qu'ils sont à l'hémisphère sud, ils ont mis le reste du monde en dessous d'eux. Et dans ce cas, on voit le monde autrement que comme on nous l'a appris.

— C'est super intéressant, mais où veux-tu en venir ? lança une de ses amies.

— Je veux en venir au fait que nos ancêtres avaient eux aussi leurs cartes du monde, et que dans ce cas, comme pour l'Australie, ils se plaçaient en haut au centre.

— OK je crois que tu as bu une bière de trop, répliqua le même garçon.

— Non pas du tout, pas de bière pour moi aujourd'hui. Se défendit-elle. Vous savez tous ici que Ama Zulu veut dire peuple du ciel n'est-ce pas ? Supposons que nos ancêtres se considéraient au nord, donc côté ciel sur cette carte, ne pensez-vous pas qu'une autre histoire, et surtout une autre lecture sont possibles ?

Tout le monde resta concentré pendant un moment, l'air de vraiment prendre en considération ce qu'elle venait de leur dire, en examinant la carte. Puis certains commencèrent à remettre en cause ces théories, pendant que d'autres lui demandaient ses sources. S'ensuivit un long jeu de question-réponse, et d'analyses en tout genre.

— Moi tout ce que je vois c'est que l'Afrique c'est une grosse botte en fait, merci Lindi pour cette révélation, conclut un autre.

Tout le monde se mit à rire et Lindiwé alla se loger dans les bras de Jabu qui lui chuchota de ne pas faire attention à ces abrutis, et qui lui proposa sa bière.

Lalla garda son sourire accroché tant ses amis l'amusaient, et fixa la carte en se disant qu'en effet vu sous cet angle, on aurait bien dit une botte.

— Tu viens avec nous au mariage de Nandi ? demanda Jabu à Lalla.

— Non je ne pense pas, et puis je n'ai pas été invitée.

— Mais tu plaisantes j'espère, dit Nandi en s'immisçant dans la conversation. Évidemment que tu viendras à mon mariage, maintenant que je t'invite officiellement, tu ne peux pas te défiler.

— C'est vraiment gentil, mais je ne peux pas veiller très tard, ma mère n'acceptera jamais.

— Eh bien viens l'après-midi à la cérémonie traditionnelle, proposa Lindiwé. Tu verras c'est ce qu'il y a de plus intéressant à découvrir pour toi.

— OK, je vais voir ce que je peux faire, répondit Lalla en se tournant vers Nandi. Merci.

Nandi avait fait une entrée fracassante en arrivant dans la cour, où tous les invités attendaient. On l'avait vue arriver de loin avec une horde de jeunes femmes autour d'elles, portant toutes des jupes plissées dans les tons blancs, avec des ceintures et des colliers de perles colorés qui recouvraient même entièrement les épaules pour certaines. Nandi portait une espèce de grosse coiffe rouge qui formait comme un plateau sur le haut, et sa tenue était recouverte d'une quantité de bijoux bien plus importante que celles des autres. Elle tenait un petit sceptre à bout rond orné aussi de perles dans sa main droite, et un petit bouclier en peau de bête dans son autre main. Le bruit des bracelets de coquillage qu'elles avaient aux chevilles accompagnait harmonieusement leurs chants, et la foule autour entonnait la mélodie avec elles.

Puis au fur et à mesure, quelques invités formant plusieurs groupuscules dansèrent à tour de rôle. Certains parés de tenues en peau de bête, d'autres à la mode un peu plus occidentale, et Lindiwé, sa sœur Dumi et d'autres copines de Nandi, en jupes plissées et soutien-gorge recouverts de perles. Elles étaient si belles, levant leurs jambes haut comme si elles voulaient toucher le soleil avec leurs pieds. Lindiwé bien plus souple que la plupart d'entre elles malgré sa corpulence, un sifflet à la bouche, semblait mener la danse. Elle fit signe à Lalla de la rejoindre, mais celle-ci s'enfonça dans la foule pour ne pas avoir à se ridiculiser devant tout le monde.

Pendant le repas, Lindiwé expliqua quelques codes de la culture Zulu à Lalla, qui semblait l'écouter à moitié tant elle dévorait son plat avec appétit.

— Mais ça ne te gêne pas de danser en soutien-gorge devant tout le monde toi ? demanda Lalla sur un ton moralisateur.

— Pourquoi cela devrait-il me gêner ?

— Je sais pas, il y a des hommes, et puis la poitrine elle bouge.

— À l'origine, cette tenue ne comprend pas de soutien-gorge, dit Lindiwé en happant une bouchée de riz. On danse seins nus. Il n'y avait absolument rien d'anormal à avoir les seins nus à l'époque, et même chez toi !

— Chez moi ? Elle prit une gorgée d'eau pour faire passer la viande. Oui, ma mère ou mes tantes peuvent être seins nus quelquefois, mais à la maison avec d'autre femme ou des enfants, mais pas devant d'autres hommes.

— Pourquoi ? C'est mal ?

— Je ne dis pas que c'est mal. C'est juste qu'il y a des hommes…

— Des hommes qui ont vu les seins de leur mère, de leurs sœurs, de leurs tantes, et qui à la vue d'une poitrine féminine n'ont pas uniquement des pensées malsaines comme on semble nous le faire croire, rétorqua Lindiwé. Ils ne rapportent pas tous la poitrine à la sexualité, car ces mêmes poitrines nourrissent aussi, et font juste partie du corps de l'autre. C'est beau une poitrine, il ne faut pas en

197

avoir honte. Ici on respecte le corps, mais aussi la pudeur de chacun.

Lalla regarda autour d'elle et constata que les femmes en soutien-gorge, et même les plus âgées, étaient parfaitement à l'aise dans leurs tenues. Elle commença même à se sentir à l'étroit dans son haut à manches 3/4 assorti à son pagne en wax*. Ces femmes dégageaient une forme de liberté qu'elle avait l'impression de ne jamais avoir connue.

— Si jamais je me marie avec Jabu, promets-moi de porter une tenue comme la mienne, juste pour me faire plaisir, dit Lindiwé en retirant son énorme collier pour le placer autour du cou de son amie.

Lalla passa les doigts sur le bijou, qui lui recouvrait presque entièrement le buste, et fit un oui de la tête, en plus d'un sourire avec les yeux.

Elle retourna voir Elijah le lendemain pour lui raconter ses dernières aventures et lui confesser ses ambitions sur la femme qu'elle souhaitait devenir à la suite de ses dernières rencontres. Elle intégrait doucement cette histoire de points de vue différents du monde. Elle s'imprégnerait des expériences de chacun et se construirait sa propre opinion pour faire ses propres choix. Il se sentit comme un privilégié et l'invita à écouter cette petite voix en elle qui lui ouvrirait bien des portes, pensait-il.

Pour les vingt-trois ans de Lindiwé, toute la bande s'était retrouvée chez elle et non chez Jabu. Sa sœur Dumi était dans une chambre devant la télévision et Lalla qui était parti la saluer, resta près d'elle un moment, et l'interrogea sur le film qu'elle était en train de regarder.

— C'est la série Queen Boumba, une série nigériane, dit Dumi. La meilleure série du monde si tu veux mon avis.

— Ah oui ? Et de quoi ça parle ?

Dumi ne répondit pas, elle était hypnotisée par l'écran et fit un signe de la main à Lalla comme pour lui dire d'attendre deux secondes. Au même moment, Lindiwe passa et attrapa Lalla par le bras pour l'emmener.

— Laisse tomber, quand elle regarde ces films de Nollywood et autre, ça ne sert à rien de communiquer avec cet individu.

— Je t'ai entendu, cria Dumi, sans prendre la peine de décrocher ses yeux de l'écran.

— C'est quoi Nollywood ? demanda Lalla en la suivant.

— C'est toute une production de films nigérians, qui fait un carton ici, et même partout dans le monde, je crois, maintenant.

— Tu aimes bien toi ?

— J'adore ! Bon il y a des sujets un peu tirés par les cheveux et quelques scènes avec des montages à mourir de rire, mais ça vaut le détour. Et puis ce sont des films africains. On en fait de plus en plus en Afrique du Sud, mais rien de comparable à ceux des Nigérians ou même des Ghanéens. Ça doit être le pied d'être une actrice là-bas, tiens.

Lalla referma son cahier, et profita de la fête avec les autres. Elle raconta l'histoire de Nabil à ceux qui la complimentaient sur ses babouches jaunes brodées, et parvenait même à obtenir des commandes pour ce dernier.

Avant de rentrer chez elle, elle décida de remettre une des deux cartes du monde de son père à Lindiwé en guise de cadeau d'anniversaire.

— Tiens, elle te servira plus qu'à moi si tu deviens enseignante, dit-elle en lui remettant la carte pliée. Tu pourras l'accrocher dans le sens que tu veux.

Lindiwé déplia la carte très vite.

— Waouh ! J'en voulais une comme celle-ci. C'est une projection de Gall Peters, avec les vraies proportions des continents. Merci Lalla, Merciiiii, dit-elle en sautillant sur place, avant d'étouffer son amie d'un câlin.

Lalla encercla ses bras ballants autour d'elle à son tour, sans réellement comprendre comment une simple carte pouvait susciter autant d'enthousiasme.

Le promoteur

— Quand j'ai voulu avancer pour voir ce qu'il se passait, la même fille aux ongles super longs m'a chopé par le poignet pour me dire de faire la queue comme tout le monde. J'ai essayé de lui dire que je voulais juste savoir pourquoi il y avait autant de foule, elle m'a dit qu'elle ne voulait rien savoir et de faire la queue quand même. J'étais sidérée.

— Et du coup, qu'est-ce que tu as fait ? demanda Kodjo mort de rire.

— J'ai rien dit ! Je suis restée sans broncher derrière elle. Elle avait des cuisses bien musclées, le genre de cuisses qui brisent une noix de coco d'un coup sec. Il valait mieux ne pas chercher le conflit. Et puis au bout de dix minutes, j'en ai eu marre d'attendre sans savoir qui étaient les célébrités qui causaient tant d'afflux, et j'ai décidé de venir ici.

— Eh oui ça se passe comme ça chez MKS, surtout si les acteurs font savoir sur les réseaux sociaux qu'ils vont passer à l'agence.

— Mais c'était impressionnant, répliqua Lalla les yeux écarquillés, je crois que je n'ai jamais vu autant de monde au mètre carré.

— Et ils ont dû créer des embouteillages supplémentaires avec toute cette foule. En tout cas, ce n'était pas la meilleure façon de découvrir Lagos, je te l'accorde. Mais on y retournera ensemble, tu verras comme c'est une chouette ville.

— Oui, j'aimerais bien. Mais Accra c'est plutôt cool aussi. Les Ghanéens sont très accueillants, je n'ai aucun regret d'être venu chez vous.

— Ils ne le sont pas tous autant que moi, et encore moins beau comme moi.

Lalla lui fit une petite tape sur le bras et il feignit la douleur avec une grimace et en se le tenant.

— Arrête un peu de frimer, c'est vraiment plus fort que toi hein, dit-elle en souriant.

— Je dis juste la vérité moi, d'ailleurs tu es la plus jolie. Je vais me marier avec une Sénégalaise un jour.

Elle le remercia un peu gênée, et fit mine de se diriger vers la voiture de celui-ci.

Quand elle s'était rendue à Accra au Ghana pour la première fois, elle était entrée dans une galerie d'artistes de la rue pour contempler leurs œuvres. Kodjo la bouscula en reculant et s'excusa aussitôt.

Il la complimenta sur sa beauté, la scanna de la tête aux pieds et lui demanda quelle création lui plaisait le plus. Elle en pointa quelques-unes du doigt et Kodjo jugea ses choix « basiques » pour la taquiner.

Elle crut avoir à faire à un des artistes exposés ou encore à l'homme d'entretien et Kodjo lui affirma qu'il n'était rien de tout ça. Ils discutèrent pendant quelques minutes, mais elle dut rentrer, alors il lui proposa de se retrouver le surlendemain au même endroit pour poursuivre leur conversation.

Elle accepta et la fois d'après il lui tendit un petit tableau peint, un de ceux qu'elle avait dit aimer en guise de cadeau. Elle déclina le présent, mais il insista tellement qu'elle finit par céder.

Il fut surpris de rencontrer quelqu'un qui ne le reconnaissait pas, quelqu'un avec qui il y avait vraiment un échange sans intérêts derrière. Sa simplicité l'avait touché. Ils passèrent de plus en plus de temps tous les deux à partir de ce moment, et Kodjo tenta régulièrement de lui offrir des choses par la suite, mais elle refusa. Il redoublait donc d'ingéniosité pour qu'elle les garde quand même.

Kodjo lui apprenait à conduire depuis une dizaine de jours, dans une énorme Jeep que son père lui avait offerte à ses vingt ans. Il ne la laissait jamais conduire ailleurs que sur le terre-plein derrière sa maison, où aucun obstacle ne pouvait venir la perturber, ou plutôt cabosser sa voiture. Il y tenait comme à la prunelle de ses yeux, passait beaucoup de son précieux temps à la bichonner, et à lui ajouter toutes sortes d'accessoires venus d'ailleurs, dont certains de très mauvais goût.

Autant dire qu'avec des leçons de conduite limitées à cette zone, elle tournait littéralement en rond.

— Pourquoi on ne sort pas d'ici ? C'est bon là, je maîtrise le volant. Grommela Lalla.

— Eh oh, on va se calmer, on ne conduit pas n'importe comment à Accra, répondit-il, t'es pas prête.

— Non mais t'es sérieux là ? J'apprends rien du tout ici, à part à freiner et à accélérer.

— Et alors ? Tout le monde apprend doucement, ça ne fait même pas un mois que tu conduis. Ne sois pas pressée. Je peux te déposer où tu veux si t'as besoin d'un chauffeur.

— Et si tu n'es pas disponible, je fais quoi ?

— Je suis toujours disponible pour toi baby.

— D'accord, mais je veux savoir conduire toute seule, comme une grande.

— Entendu, mais pas avec ma voiture, envoya-t-il.

Ils s'esclaffèrent, et elle freina brusquement, poussant Kodjo à mettre fin à la leçon, avant qu'elle ne lui provoque une crise cardiaque.

Kodjo était le fils d'un des plus grands producteurs de films du Ghana. Il avait fait une apparition dans quelques-uns d'entre eux étant enfants, mais préférait rester aux côtés de son père, loin derrière les caméras. Il était dans les coulisses de l'industrie depuis son plus jeune âge, et s'était formé auprès du fondateur de MKS en personne pour pouvoir un jour diriger la société de son père. Mais ce qui le passionnait était la course automobile.

Il rejoignait sa bande de copains pour faire des courses clandestines, et rêvait de pouvoir faire un rallye connu.

Il devait faire un mètre soixante-quinze environ, avait un visage allongé, des lèvres charnues qu'il passait son temps à humidifier à la manière de LL Cool J, et une brèche entre les deux dents de devant, qui lui donnait un charme indéniable. Il avait déjà fait deux ans d'études supérieures aux États-Unis, comme la plupart des jeunes de l'élite ghanéenne, et y avait peaufiné un style vestimentaire propre à la culture hip-hop. Il portait aussi souvent que possible un durag sur la tête, sorte de bonnet très fin en viscose pour protéger sa coupe de cheveux ondulée à l'américaine, pour compléter ce même look américain, comprenant grosse montre à strass, et chaussures de célèbre basketteur aux pieds. Il jonglait avec deux portables pour ses activités professionnelles et privées, et rassemblait tous les critères du tombeur de la ville.

Il emmenait les filles qu'il convoitait sur certains plateaux de tournage, dans le seul but de les impressionner avec les stars qu'il côtoyait, mais Lalla avait été la seule pour qui le numéro n'avait eu aucun effet. Elle faisait le tour des décors dès qu'elle le pouvait avec son cahier de notes, posait des questions aux équipes, qui l'envoyaient paître lorsqu'elles n'avaient pas le temps. Parfois, quelques comédiens acceptaient de lui répondre, tandis que d'autres se rétractaient dès lors qu'elle annonçait ne travailler pour aucune presse.

Et puis il y avait Anita, une jeune et jolie comédienne qui acceptait tous les rôles qu'on lui proposait, même les plus petits, dans le but ultime de devenir une grande star à son tour. Elle jouait au jeu des questions-réponses dès qu'elle le pouvait, et cela l'entraînait pour plus tard, disait-elle.

— Moi aussi ça m'entraîne à devenir journaliste. Merci beaucoup Anita, j'espère que Kodjo m'emmènera sur ton prochain tournage.

Kodjo arriva derrière elle au même moment.

— Tu parles de quel tournage ? dit-il à Lalla en souriant à Anita.

— Celui du film avec la fille grande de taille là, qui se fait maltraiter par sa belle-mère.

— Ah, *yes*. Et tu vas jouer dedans ? s'adressant directement à Anita.

Celle-ci fit un oui de la tête.

— Dans ce cas j'ai hâte de découvrir ce film, je suis sûr qu'on ne verra que toi, ajouta-t-il en humidifiant à nouveau ses lèvres, ce qui dégoûtait Lalla au plus haut point, mais qui semblait flatter Anita.

— Bon moi je dois y aller les gars. On se voit très vite, dit Lalla en cassant l'atmosphère de flirt dans lequel ils se trouvaient.

— On bouge ensemble, je dois aller en ville, répondit Kodjo. À bientôt Anita, et ajoute-moi sur Facebook OK ?

Ils repartirent tous les deux vers la voiture de Kodjo.

— Mais c'est incroyable, tu ne t'arrêtes jamais hein. Dit Lalla sur un ton amusé, tout en bouclant sa ceinture.

— Mais c'est juste pour le *game*. Cette fille, elle ne m'intéresse même pas.

— Non, mais est-ce que tu t'entends des fois ? Peut-être que cette fille tu lui plais vraiment. À quoi bon draguer des filles si c'est pour se moquer d'elles après ?

— Si je lui plais, ce n'est certainement pas sans intérêt. Surtout pour une fille qui veut devenir actrice et qui sait qui est mon père.

Il y eut un silence, et Kodjo en profita pour augmenter le volume de la musique.

— Mais dans ce cas si tu penses que toutes les filles qui s'intéressent à toi sont là par profit, ça veut dire que c'est ce que tu penses de moi ? reprit Lalla.

— Mais arrête de dire n'importe quoi, tu ne savais même pas qui j'étais quand on s'est rencontrés.

— Qu'est-ce que t'en sais ?

— Je le sais c'est tout. Ça se voit. Ça se voit que tu es différente. Je n'arrive pas à te comprendre complètement, mais je le vois bien.

Elle dévoila un sourire discret, et changea la musique de l'autoradio, avant de se chamailler avec lui sur le choix des chansons.

— Allez hop descend de mon bébé, dit Kodjo pour plaisanter.

— C'est moi qui ai décidé de descendre ici, c'est pas toi qui me vires de ta voiture OK ?

— Mais oui bien sûr.

Ils rirent tous les deux.

— T'es sûre que je te dépose ici ? Vraiment, ça ne me dérange pas de te ramener jusque chez toi.

— Non merci, c'est très bien là. Dit-elle en vérifiant dans son rétroviseur avant d'ouvrir la portière.

— D'accord. Au fait il y a les Nollywood Movie Awards à Lagos samedi prochain, ça te dirait qu'on y aille ensemble ? C'est la plus grande cérémonie de récompense pour les films nigérians.

— Oui ça serait avec plaisir, il faut juste que je demande à ma mère.

— Super ! Et cette fois-ci on en profitera pour que tu redécouvres Lagos, je te ferais visiter. Il faut juste me répondre assez vite que je prenne les billets d'avion.

— Euh, non, c'est pas la peine, je pourrai m'y rendre par mes propres moyens, bafouilla-t-elle.

— Tu es sûre ? Ne sois pas gênée, moi ça me ferait plaisir qu'on parte ensemble, mais c'est comme tu veux.

— Non non, je vais me débrouiller, dit-elle en se précipitant hors de la voiture pour couper court aux négociations.

— Ça marche ! Rentre bien.

Après plusieurs dizaines de minutes à débattre avec sa mère, et à force d'arguments, Zeyna accepta de la laisser sortir exceptionnellement pour ce soir-là. Elle avait parlé d'une fête à quelques kilomètres en voiture où Djoumi et d'autres amis de l'école iraient tous.

— Et elle est où cette fête ? J'étais pas au courant, lança naïvement Hamdine, en suçant l'os de sa mangue comme si sa vie en dépendait.

Lalla lui fit discrètement les gros yeux, pour pouvoir changer de sujet, avant que Zeyna ne revienne sur sa décision.

— Ah te voilà ! s'exclama Kodjo, tchalé* ça fait vingt minutes que je te cherche devant l'entrée, il faut vraiment que tu t'achètes un portable.

— Oui c'est vrai que je devrais m'en procurer un, ça sera plus simple, répondit-elle désolée.

— Bon l'essentiel c'est que tu sois là. Tu es magnifique, et puis ce style, waouh !

— C'est vrai, tu trouves ? Parce que les gens portent des vêtements tellement beaux et extravagants qu'avec cette robe j'ai l'impression de ne pas être à ma place.

— Mais on s'en fiche de ça ce ne sont que des apparences.

— Non, mais regarde. Regarde-les elles, dit-elle en pointant avec son menton deux femmes en robes de gala, regarde leurs chaussures.

— C'est vrai que là c'est la crème de la crème. Elles portent presque toutes des LTA.

— C'est quoi des LTA ?

— Une nouvelle marque de chaussures que tout le monde s'arrache, made in Nigéria en plus. Allez, viens, on va s'installer, il y a mes parents et quelques-uns de leurs amis avec nous, tu vas voir, tu ne vas pas t'ennuyer.

Kodjo lui présenta son coude, elle le crocheta avec le sien pour le suivre jusqu'à leur place et l'équipe d'Onyeka Sugar, Akil y compris, pénétra dans la salle seulement deux minutes après eux.

Onyeka remporta plusieurs prix, les animateurs parvenaient à amuser les spectateurs, et plusieurs chanteurs avaient présenté leur show à tour de rôle. D'ailleurs certains de ces shows étaient si médiocres qu'on se demandait pourquoi la sécurité n'était pas venue chercher ces artistes sur scène afin de les balancer à la rue.

Lalla demeura pleine d'admiration, ne quittant à peine la scène des yeux pendant toute la durée de la cérémonie, tandis que Kodjo riait et discutait à côté, faisant des remarques sur les récompenses méritées ou non selon lui. Onyeka et les siens quittèrent les lieux en premier pour éviter une quantité trop importante de paparazzi à la sortie, et la salle se vida doucement à la fin de l'évènement. Kodjo proposa à Lalla de le suivre à une after party où tous les VIP allaient se rendre, mais elle refusa, il faisait déjà assez tard comme ça, et Zeyna risquerait de ne plus jamais lui faire confiance.

— D'accord je te dépose à ton hôtel alors ?

— Mon hôtel ? répondit-elle surprise.

— Tu dors bien dans un hôtel, non ? Tu ne vis pas à Lagos à ce que je sache.

— Ah oui c'est vrai, bredouilla-t-elle. Dépose-moi en ville alors.

Elle chercha nerveusement un hôtel des yeux pendant le trajet, et en désigna un au hasard, pour que Kodjo la laisse tranquille. Il s'arrêta pile devant l'établissement et coupa le contact.

— Encore merci pour tout Kodjo, j'ai passé la meilleure soirée de toute ma vie, dit Lalla les mains jointes comme si elle priait le Christ.

— Tu exagères un peu là, non ?

— Non justement. Tu ne sais pas ce que ça représente pour une fille comme moi. Jamais je n'aurais imaginé vivre une chose pareille. Moi quand j'étais petite, le rêve c'était d'aller à Dakar, ne serait-ce que pour acheter des glaces comme celles des blancs qui passent à la télé. Jamais je n'aurais pensé passer une soirée avec toutes ces personnes comme toi, pour qui tout ceci est normal, alors que pour moi cette vie c'est le luxe absolu, et tout ce qu'il y a d'inaccessible par rapport à chez moi.

Kodjo se gratta la tête, embarrassé.

— Je comprends ce que tu veux dire, je suis désolé.

— T'as pas à être désolé, c'est la vie que tu as toujours eue, encore une fois c'est normal pour toi, tu n'as rien demandé.

— D'accord, mais du coup j'arrive pas à comprendre comment tu peux te payer un hôtel ou un voyage à Lagos dans ce cas. Dis-moi la vérité s'il te plaît.

Elle botta en touche.

— J'veux dire que tu caches trop de choses. Je ne sais pas si tu joues un rôle parfois ou si tu es toujours toi-même avec moi, poursuivit-il. Moi aussi il m'arrive de faire le modeste avec certaines personnes, mais uniquement celles dont je me méfie. Je ne veux pas m'entourer que d'opportunistes qui me fréquentent pour mon argent ou la notoriété de mon père. Tu peux être vraie avec moi, tu sais.

— C'est pas du tout ça, je te jure. Laisse-moi un peu de temps et je te raconterai tout la prochaine fois qu'on se reverra, promis. Mais là je dois vraiment y aller.

— Pourquoi pas maintenant ? Tu ne me fais pas assez confiance ?

— Si j'ai totalement confiance en toi, tu as été irréprochable depuis qu'on s'est rencontré et même plus que généreux. Je t'aime beaucoup, n'en doute pas.

Elle posa sa main sur la sienne pour l'apaiser, en profita pour lui souhaiter bonne nuit et descendre de sa voiture lorsque celui-ci l'imita.

— Qu'est-ce que tu fais ?

— Je t'accompagne un peu, je me sens responsable de ta sécurité.

— Non ! C'est bon, c'est juste ici, je monte, je dors et voilà. Dit-elle en l'arrêtant dans sa course, et en le tenant par le bras.

— Mais laisse-moi au moins t'accompagner dans le hall, on ne sait jamais si… Elle lui coupa la parole.

— Non Kodjo. Je ne préfère pas, remonte gentiment dans cette sublime voiture, et laisse-moi rentrer dormir comme une grande s'il te plaît. Dit-elle sur un ton drôle pour détendre l'atmosphère.

— C'est justement pour ce genre de chose que je me dis que tu es bizarre comme fille. Tu es sûre ?

— Certaine, je te dis.

— Bon, d'accord, si tu insistes autant.

Ils se firent une accolade, et Kodjo la serra plus fort que d'habitude dans ses bras. Il se décolla légèrement pour lui sourire et la contempler, puis s'approcha lentement pour l'embrasser. Lalla eut comme unique réflexe de reculer sa tête en arrière, et ils se lâchèrent.

Kodjo se confondit en excuses, et elle tenta tant bien que mal de le rassurer, mais en vain. Très mal à l'aise, Kodjo se précipita dans sa voiture, lui fit un dernier signe de la main, avant de démarrer en trombe avec la honte comme unique passagère.

Une fois celui-ci parti, elle sortit les savates de son sac et s'adossa au mur de l'hôtel pour les enfiler, bien loin d'être une paire de LTA, se dit-elle, et rentra à Goudiry.

Lorsqu'elle arriva, la porte de la maison était ouverte et les lumières allumées, ce qui signifiait que Zeyna ne dormait pas...

L'esquive

Lorsqu'elle pénétra dans la maison, elle vit sa mère discuter avec Lamine. Celui-ci se retourna pour la saluer, rappela à Zeyna qu'il n'était pas loin si jamais elle avait besoin de lui, avant de dévisager Lalla et de s'en aller.

Non, mais de quoi je me mêle, se dit-elle dans sa tête. Elle se dirigea vers sa chambre, éreintée, lorsque sa mère l'intercepta d'une voix grave, avec une autorité déconcertante. Son sang se figea, et son cœur se mit à palpiter au rythme du tambour de Doudou Ndiaye Rose.

— Attends-moi dans le salon, lui dit Zeyna en lui indiquant le chemin avec le bras, sans prendre la peine de la regarder.

Lalla sentit la panique envahir chaque parcelle de son corps, alla s'installer sur la chaise bancale près du fauteuil, et mit sa tête entre ses mains.

Zeyna débarqua le pas vif, et renversa presque l'intégralité des choses que Lalla avait ramenées de ses différents voyages sur la table. Une petite fiole de parfum qu'elle avait partagé avec Myezi roula sur la table, avant de venir se fracasser en mille morceaux sur le sol.

— Où est-ce que tu étais ? demanda Zeyna d'une voix sèche, en regardant le sol loin devant elle. Je te conseille de ne pas me mentir si tu veux éviter de mourir sur place. Lamine a croisé la mère de Djoumi, et elle lui a dit que sa fille était à la maison, alors je te le répète, n'essaye pas de mentir.

Lalla essaya de répondre, mais aucun son ne parvenait à sortir de sa bouche. Comme si on lui avait confisqué la parole.

— Tu penses que c'est normal pour une jeune fille de passer la nuit dehors ? Et où as-tu eu toutes ces choses Lalla ? Tu sors avec des hommes pour avoir des cadeaux, c'est ça ? Toi aussi tu cherches à épouser un vieux blanc pour partir en Europe ? C'est ça ta vie ? Tu penses la réussir ainsi ?

— Mais non maman. Je vais tout t'expliquer…

— Il n'y a rien à expliquer ! J'ai bien vu comment tu avais évolué. Tu te maquilles pour aller en cours, tu racontes des salades sur les journées que tu passes, et sur les gens que tu fréquentes. Lamine t'as vu plusieurs fois rentrer avec tout plein de trucs, mais il ne m'a rien dit pour que je ne m'inquiète pas. Eh bien il aurait dû, j'aurais mis un terme à tout ça depuis bien longtemps.

— Mais c'est pas ça maman, cette amulette par exemple je l'ai fabriquée, et ce...

— Arrête de mentir ! éructa Zeyna.

— Mais là je ne te mens pas justement, je veux juste t'expliquer.

— Ça ne m'intéresse pas.

— Papa il aurait essayé de comprendre au moins, répondit-elle à voix basse.

— Ton père ? Ah tu veux qu'on parle de ton père ? vociféra-t-elle. Cette espèce de traître qui nous a laissés tomber et pour qui j'ai fait tous ces sacrifices ? Ce même père pour qui j'ai dû prendre des crédits pour lui envoyer de l'argent au Maghreb et pour sauver sa peau. Cet époux pour lequel j'ai veillé des nuits entières en priant jusqu'à l'aube pour qu'il ne lui arrive rien ? Et tout ça pour quoi ? Pour qu'il nous abandonne pour une Italienne ou une Espagnole, et pour que ma fille fréquente de vieux blancs en espérant le rejoindre ? Mais qu'est-ce que j'ai fait au

Bon Dieu pour mériter ça ? Qu'est-ce que j'ai mal fait dans cette vie ?

Lalla n'essaya même pas de répliquer, tant sa mère paraissait hors d'elle.

— De toute façon c'est simple tu ne sors plus, jusqu'à ce que tu sois mariée, c'est moi qui te le dis. Et puis tu peux oublier Dakar, tu vas rester ici.

— Mais c'est injuste, tu m'as dit que je pourrais aller y étudier à la rentrée prochaine. Tu peux pas me faire ça, c'est la chance de ma vie.

— Oh que si, regarde-moi faire.

— Mais maman, s'il te plaît, ne me fait pas ça. Je t'en supplie, je vais tout t'expliquer, dit Lalla en pleurant à chaudes larmes. Tout, mais pas ça maman.

— Va te laver, va bien prier le *Fajr** pour demander à Dieu de pardonner tes péchés, et laisse-moi aller faire de même, je n'ai même pas envie de débattre avec toi toute la nuit.

Lalla fila dans sa chambre, à bout de nerfs, et se jeta dans son lit en pleurant. Hamdine sortit de sa chambre au même moment et demanda à Zeyna la raison de tout ce raffut, celle-ci essuya discrètement ses larmes, enfila son foulard autour de sa tête, et alla s'emparer de son chapelet sans prendre la peine de lui répondre.

Il tenta d'aller en parler avec sa sœur, mais cette dernière s'était recroquevillée comme un fœtus, et semblait ne pas avoir envie de s'arrêter de pleurer. Il la laissa tranquille et retourna dans sa chambre, sans réussir à se rendormir.

Lalla resta tout habillée dans son lit, et dans la même position pendant trois bonnes heures. Elle avait refait la scène de la dispute avec sa mère dans sa tête, un nombre incalculable de fois. Après tout, sa mère avait le droit d'être en colère. Elle avait le droit d'être fatiguée, et elle avait le droit d'en vouloir à son époux. Mais seul son père aurait pu la comprendre se disait-elle. S'il avait été là, elle lui aurait prêté les savates pour qu'il puisse voyager partout comme elle. Elle avait besoin de lui, et il fallait qu'elle aille lui parler.

Elle rassembla tous ces cahiers de définitions, quelques bricoles, et tout l'argent qu'elle avait en devises différentes dans son sac, puis sortit de la maison en douce.

Sa mère la maudirait se disait-elle, mais cette fugue était nécessaire, car elle avait besoin de voir son père. La

Libye étant le pays dans lequel il se trouvait aux dernières nouvelles avant un éventuel départ vers la France. Il fallait retrouver Zayane qui connaissait bien ces deux endroits pour l'aider à le retrouver.

Le K.O

Lalla arriva à Tripoli le matin même. La maison de Zayane avait perdu cet aspect enduit de soleil et de paillettes, tant elle paraissait triste et sombre. Le beau potager, où poussait le céleri, n'était plus qu'un champ de ruines où briques fendues, et débris métalliques se confondaient. Seul le figuier faisait encore office de décoration, face à un mur en béton armé au squelette apparent. La guerre et la précarité avaient usé ce beau quartier jusqu'à la moelle.

Elle poussa la grille grinçante, dépassa la loge vide de Mustapha, puis monta lentement les trois marches de l'entrée avant de presser l'interrupteur à deux reprises. L'écho de la sonnerie ne se faisant pas entendre, elle frappa trois coups.

Un homme au visage fermé d'une quarantaine d'années lui ouvrit la porte.

— Bonjour monsieur, lui dit-elle en arabe, est-ce que Zayane est là s'il vous plaît ?

Il la scruta de la tête aux pieds, avant de reculer de quelques pas pour l'inviter à rentrer dans la maison et referma la porte derrière elle.

Zayane rejoignit aussitôt l'entrée, et se précipita vers son amie dès qu'elle l'eut reconnu. Elles se prirent dans les bras et tournèrent sur elles-mêmes en s'enlaçant. Un petit garçon aux grands yeux noirs observa la scène avec curiosité. Il retenait d'une main un pantalon trop grand qui lui glissait des fesses, et un biberon de l'autre main.

— Lalla Aicha ma chérie, quelle merveilleuse surprise. Je pensais à toi ces derniers jours, et à quel point tu me manquais.

Elles se contemplèrent en se tenant les mains, avant de se reprendre à nouveau dans les bras.

— Tu m'as tellement manqué aussi. Je suis désolée de ne pas être revenue avant. Les évènements se sont enchaînés si vite que je n'ai même pas....

Zayane l'interrompit.

— Ce n'est pas grave Lalla, tu n'aurais pas pu nous retrouver de toute façon. Nous sommes revenus ici il n'y a que trois mois. La zone était devenue trop dangereuse pour ma famille. Moi aussi je pensais à toi, et je me demandais si toi et ta famille étiez en sécurité.

— Mais que s'est-il passé Zayane ? Je vois bien que ton pays va mal.

— C'est le cas de le dire. Depuis quand as-tu quitté Tripoli ?

— Je n'étais pas revenue depuis la dernière fois qu'on s'est vu chez toi. Je vais tout te raconter. Mais toi, comment tu vas toi ?

— Moi ça va mieux, Dieu merci, mais oui le pays va même très mal, répondit-elle. Viens, on va discuter en haut. Merci Bachir, dit-elle à l'homme.

Zayane emmena son amie directement à l'étage, portant le petit garçon à bout de bras, et s'aidant de la rampe d'escalier pour garder l'équilibre.

— Ouf, comme tu es lourd toi maintenant, dit-elle en reposant l'enfant hilare au sol. Elle lui caressa sa petite tête de canaille et se tourna vers Lalla pour lui proposer à boire.

— Non merci, c'est gentil. Mais où est passé tout le monde ? Habib, tes parents ? Et qui est ce petit bout de chou ? demanda Lalla impatiente.

— Il va te falloir du temps pour écouter tout ça. Tu dois toujours repartir dans trente minutes comme avant ? Dit-elle un peu moqueuse.

— Non j'ai tout mon temps aujourd'hui, je vais rester ici avec toi, et je te raconterai également ma part.

Zayane s'assit sur le lit, et tapota dessus pour faire signe à Lalla de venir s'installer près d'elle.

— Tu te souviens de la soirée du Nouvel An 2011, où Habib et moi n'avions pas pu aller chanter à Benghazi pour le concours de talent ? Tu étais revenue à la maison le lendemain, et mes parents nous passaient un savon monumental après que Nisreen nous ait dénoncés.

Lalla fit un oui de la tête.

— Eh bien ce jour Lalla, marquait le début d'une descente aux enfers pour ma famille. Pendant les mois qui ont suivi, la tension était suffocante à la maison. Mon père avait changé du tout au tout. Il nous empêchait de sortir après dix-huit heures, se disputait sans cesse avec ma mère, s'isolait dans son bureau, et avait renvoyé tous les employés de maison sous prétexte qu'ils n'étaient pas dignes de confiance. Même Wahiba, il nous avait forcés à nous séparer de Wahiba.

Maman voulait que nous partions vivre en Algérie, non loin de chez les parents d'Habib, mais mon père grognait à chaque fois qu'elle ébauchait le sujet. Il lui disait qu'il préférait mourir plutôt que de fuir comme un lâche. Que son pays avait besoin de lui, et qu'elle pouvait partir elle, si elle le souhaitait. Ce qu'elle a fini par faire, nous proposant à Habib et moi de la suivre. Mais nous avons préféré rester avec lui, plutôt que de le laisser perdre la tête tout seul.

Je me sentais de plus en plus mal, et j'ai fini par faire un malaise le lendemain du départ de maman. Le docteur Yacoubi m'a annoncé que cela n'était pas dû au stress, mais plutôt à une grossesse de quatre mois. J'étais anéantie. Ma mère s'en allait, Habib paniquait, mon père devenait fou, et moi j'attendais un enfant sans savoir comment faire. Heureusement que Nisreen était là pour m'épauler. En réalité si Nisreen n'avait pas été là, j'aurais pu avoir de très gros ennuis.

Lorsqu'elle avait balancé à mes parents que nous voulions partir chanter à l'est du pays, elle était consciente que des conflits politiques avaient lieu dans cette région, et qu'il aurait pu nous arriver des choses très graves.

Et puis un jour, le président Khadafi a été assassiné. La ville s'est embrasée comme c'était déjà le cas ailleurs dans le pays, et tout est parti à vau-l'eau. Tous les hauts fonctionnaires de police et militaires de son parti politique étaient recherchés, non pas par d'autres policiers, mais par des milices. Papa se cloîtrait dans cette même chambre, avant qu'une poignée d'hommes armés ne viennent le trouver à la maison pour l'emmener rendre des comptes. Il se débattait comme un fauve pour ne pas se laisser capturer, si bien que son poing traversa la fenêtre du salon, lui laissant une plaie béante. Habib n'était pas là, et heureusement, car ils auraient pu le confondre avec un autre. J'ai voulu donner une serviette à mon père pour sa main ensanglantée, mais l'un d'entre eux m'avait plaquée au mur pour que je n'essaye pas d'intervenir, alors je l'ai mordu de toutes mes forces pour aller aider mon père. Un autre m'a violemment frappée au visage, ce qui m'a valu de me retrouver au sol. Mon père s'arrêta immédiatement et accepta de coopérer, en me disant en pleurs qu'il espérait qu'il n'arriverait rien au bébé, et qu'il m'aimait plus que tout au monde.

C'est la dernière fois que je l'ai vu. La plupart des capturés comme mon père ont été torturés et abattus, dans les pires conditions.

Après ça nous avons vite pris le nécessaire avec Habib, et nous sommes partis en Algérie rejoindre ses parents et ma mère. J'ai accouché à Alger en janvier 2012 d'Adam mon petit ange, que j'ai appelé comme son grand-père. Que Dieu veille sur lui où qu'il soit.

Lalla prit la main de son amie et la garda dans la sienne pour lui témoigner sa compassion, puis s'excusa à nouveau de ne pas avoir été présente pour elle.

— Mais tu ne pouvais pas savoir petite sœur, arrête de t'en vouloir, dit Zayane. Et puis tu n'aurais rien pu faire, il y a des évènements qui nous dépassent et ainsi est faite la vie. Bachir est là pour notre sécurité, et nous faisons au mieux. Mais au moins nous sommes chez nous. Et toi qu'as-tu fait ces dernières années ? Je veux tous les détails.

Lalla se confessa, et lui dévoila le pouvoir des chaussures, mentionnant au passage la rencontre de ses nouveaux amis. Zayane reçut cette nouvelle estomaquée, en repassant dans sa tête toutes les fois où elles s'étaient retrouvées dans le passé se demandant pourquoi Lalla tenait tant à cette paire de godasses. Elle lui poserait plus de questions plus tard se dit-elle.

— Et j'ai eu une énorme dispute avec ma mère, voilà pourquoi je suis ici. Finit-elle par dire.

— Si tu penses que ça peut t'apporter les réponses nécessaires, tu fais bien. Mais tu n'as pas peur d'être déçue ? lança Zayane. Je veux dire que depuis toutes ces années…

Lalla l'interrompit.

— Non, c'est tout réfléchi. Je n'en dors plus la nuit Zayane. J'ai besoin de lui, j'ai besoin de savoir. Zayane prit l'enfant sur ses genoux, et l'enlaça tout en le balançant de gauche à droite.

— Je te comprends. J'aurais aimé pouvoir faire de même pour mon père. Je t'accompagnerai !

— Je t'en remercie, mais je dois le faire seule. C'est important pour moi. Et puis de toute façon comment ferais-tu ?

— C'est simple j'attache mon fils dans mon dos comme vous le faites chez vous, et ensuite tu m'attaches sur ton dos et voilà, tout le monde peut faire partie du voyage !

Elles rirent ensemble.

— C'est une bonne idée, mais je vais m'en passer.

— En tout cas, quoiqu'il se passe là-bas n'hésite pas à me demander si tu as besoin de moi. Tiens, dit Zayane en lui tendant un téléphone sous une coque épaisse, prends mon portable j'en ai un deuxième, tu as mon numéro dedans et celui de Amira Saleh une amie de la famille chez qui on va depuis toujours, elle pourra t'accueillir et t'orienter dans Paris. Elle est très gentille tu verras. Tu as besoin d'argent ?

— Non, mais si je rencontre des difficultés par rapport à ça je te le dirai et je penserai à toi devant les boutiques parisiennes. Merci Zayane, merci d'être cette sœur que je n'ai jamais eue.

Elle rangea le portable dans son sac, et elles passèrent la journée entière et près de la moitié de la nuit à discuter.

Dès l'aube, Lalla pria pendant de longues minutes, remplit sa bouteille d'eau, et enfila les savates.

Elle referma doucement la porte d'entrée derrière elle, inspira et expira profondément les yeux fermés pour aller à Paris.

La plage était déserte. Un vent frais lui soufflait dans le dos, lui plaquant sa longue abaya émeraude au corps.

Lalla chercha autour d'elle des passants, des bateaux, mais elle ne vit que la mer à perte de vue, et quelques gros rochers rectangulaires ancrés dans l'eau.

Elle fit péniblement quelques pas en remontant la plage, et finit par apercevoir un homme en plein labeur. Elle alla à sa rencontre, tirant sur la lanière de son sac qu'elle portait en bandoulière, et qui lui irritait l'épaule tant il était chargé.

L'homme portait un jean retroussé, qui laissait entrevoir ses chevilles, et des sandales blanches en plastique, marquant le contraste avec sa peau basanée. Il avait un gilet marron en grosse maille, et sa tête était recouverte d'une capuche, ne permettant pas de voir l'intégralité de son visage.

— Excusez-moi Monsieur, l'interpella-t-elle en français.

Il resta recroquevillé à nettoyer son poisson, les mains plongées dans un seau bleu, sans prendre la peine de se retourner pour lui répondre.

— Salam aleykoum Monsieur. Pouvez-vous m'aider svp ? reprit-elle en arabe, pour augmenter ses chances d'obtenir une réponse.

- Aleykoum salam, finit-il par répondre, autant vous le dire tout de suite, ce poisson n'est pas à vendre.

— Non je ne souhaite pas acheter de poisson, j'aimerais juste que vous me disiez où nous sommes, car je n'en ai aucune idée.

L'homme continua à frotter le poisson, faisant voler quelques écailles en éclat.

— Vous êtes sur la plage d'Al Qarabole.

— Je suis désolée, mais je ne sais toujours pas où cela se situe. Est-ce l'Italie ? l'interrogea-t-elle. L'homme soupira.

— Non, vous êtes sur la plage d'Al Qarabole, à plus de 50 km de Tripoli, si cela vous permet de mieux vous situer.

— Je suis toujours en Libye ? s'étonna-t-elle.

— Affirmatif.

Elle resta figée un instant, et se mit à réfléchir sur ses dernières pensées. Peut-être avait-elle mal visualisé sa destination.

Elle s'éloigna de cinq mètres, un peu étourdie, serra les poings, et ferma les yeux pour être projetée à Paris.

Lorsqu'elle rouvrit les yeux, elle comprit qu'elle était au même endroit, toujours sur la même plage, avec le même poissonnier comme voisin.

Cela n'étant jamais arrivé auparavant, elle souleva les pieds l'un après l'autre, pour vérifier les semelles. Celles-ci demeuraient intactes.

Elle retenta l'expérience à plusieurs reprises, pour faire le même constat à chaque fois. Elle ouvrait, fermait, rouvrait et refermait les paupières, à un rythme effréné. Ses yeux se remplissaient de larmes, tant la déception et la douleur la rongeaient à mesure qu'elle répétait l'opération.

À force de tentatives, et épuisée, elle ôta violemment son sac pour le fracasser au sol. Le sac s'ouvrit, laissant s'échapper quelques cahiers, et des feuilles volantes tourbillonnèrent dans le vent.

Elle éclata en sanglot, et poussa un cri de rage à faire agiter les vagues, avant de s'accroupir et de se laisser tomber sur les fesses.

Elle desserra ses lacets avec la même furie, retira les chaussures, et les balança avec force le plus loin possible.

Une angoisse profonde lui serrait la poitrine, au point de ne plus parvenir à respirer correctement. Elle pensa à toutes ces fois où elle s'imaginait revoir son père, à la préparation de cette rencontre, à sa mère, à Akil. À cette plage inconnue où elle demeurait perdue, et par quel moyen elle parviendrait à retourner chez elle si ses chaussures magiques étaient cassées. La confusion se mêlant au désespoir, tout devint flou dans sa tête.

L'homme vint se poster debout à côté d'elle, son jean gonflé d'air, et fixa l'horizon avec elle.

— Pourquoi ce chagrin ? demanda-t-il d'un ton calme.

— Je voulais revoir mon père, c'est tout ce que je voulais, revoir mon père, balbutia-t-elle.

— Et où est ton père ?

— En Europe, enfin je crois, je ne sais pas. D'où mon voyage, et mes enquêtes. Il me manque tellement... Elle essuya ses larmes avec ses manches. J'ai passé des nuits blanches à mettre en scène nos retrouvailles, et j'ai réalisé des choses pour qu'il soit fier de la femme que je suis devenue. J'ai tellement de questions à lui poser, de choses à comprendre sur les choix qu'il a faits.

— Et quelles seraient ces questions ? l'interrogea-t-il.

— Je n'sais pas... Pourquoi avoir cessé de prendre de nos nouvelles par exemple ? Pourquoi avoir choisi une nouvelle famille ? Pourquoi ne pas avoir tenu ses promesses tout simplement ? répondit-elle d'une voix tremblante.

L'homme retourna dans son silence un instant, avant de reprendre.

— Quel genre d'homme est ton père ?

— Je dirais que c'est un bon père à l'origine. Un homme généreux, toujours présent pour les autres. Il nous a appris à toujours aller le plus loin possible, à terminer ce que l'on commençait, à être reconnaissant, et à rêver. Voilà ce qu'est mon père, un rêveur.

— Eh bien j'ai du mal à croire qu'un tel homme ait décidé d'abandonner sa famille, et surtout sans donner d'explications, répondit-il.

— Alors pourquoi ce silence ? Nous sommes tous très inquiets.

L'homme s'assit près d'elle, la capuche toujours rabattue sur son visage.

— Tu vois ce gros morceau de bois là-bas ? Il lui montra un reste d'épave flottant. Lalla chercha du regard ledit morceau, manquant de remarquer l'interminable cicatrice que l'homme avait sur la main.

— Oui, ça y est, je le vois.

— Et bien ce morceau de bois c'est tout ce qu'il reste d'un bateau rempli d'hommes comme ton père pour se rendre en Italie.

Lalla tourna la tête vers l'homme, l'air désemparé, et celui-ci poursuivit.

— Il y a quelques mois, il y avait sur cette même plage plusieurs dizaines de corps sans vie. Les corps d'Africains majoritairement noirs, voulant se rendre en Europe, dans une embarcation plus que douteuse. Le bateau surpeuplé s'est retourné, piégeant les occupants

239

dans sa cale, qui sont morts noyés. Le bilan fut très lourd, et cette histoire n'est malheureusement pas un cas isolé. Cela arrive régulièrement, et il devient difficile de quantifier et même d'identifier les corps. La mer nous les dépose sur la plage, ou décide de les garder en son sein, laissant ces personnes reposer dans les profondeurs.

— Je ne comprends pas ce que vous me dites, répondit-elle en sanglotant. Elle refusait d'entendre ce récit. Comme si rien de tout ce qu'il venait de dire n'était réel.

— Qu'est-ce que tu ne comprends pas ma chère petite ?

— Êtes-vous en train de me dire que mon père serait mort ?

— Ce n'est pas ce que je dis, je te raconte seulement les horreurs que j'ai vues. Le destin d'hommes comme ton père qui bascule de manière tragique, en quelques minutes. J'espère qu'il ne fait pas partie des disparus. Je te le souhaite vraiment. Mais si c'était le cas, et j'en serais désolé, ta famille doit se tourner vers les autorités du pays, et demander si le corps de ton père a été retrouvé. Vous pourrez ainsi faire votre deuil, et l'enterrer dignement.

— Mais arrêtez de me dire qu'il est mort ! éructa-t-elle. Vous n'en savez rien ! Vous ne savez rien de lui, vous racontez n'importe quoi !

L'homme s'excusa à nouveau et replongea dans son silence, laissant Lalla évacuer sa colère, et pleurer à chaudes larmes.

— Et puis laissez-moi tranquille ! Vous n'en savez rien ! Vous racontez n'importe quoi ! Vous n'en savez rien !

Il se redressa lentement, impuissant, et fit quelques pas en arrière, avant de retourner vers son seau de pêche.

Lalla pleura quelques longues minutes le visage entre les mains, avec cette même sensation de suffoquer. Elle s'allongea ensuite sur le dos, épuisée, et contempla le ciel.

Ses larmes lui coulaient le long des tempes, jusqu'aux oreilles. Elle se concentra sur la mélodie que composaient le vent et les vagues, et se mit à fredonner.

Elle fredonnait la chanson que Zayane chantait le jour où elles s'étaient rencontrées.

Elle repensa aux derniers échanges téléphoniques qu'elle avait eus avec son père, et ces fois où il disait ne pas se sentir très en forme, mais que par la grâce de Dieu, tout irait bien. Les souvenirs heureux de son enfance refirent surface, avec leurs lots de fous rires, de bêtises et de punitions avec les jumeaux. Elle se souvint aussi de la transformation du corps de sa mère depuis quelque temps, et du mutisme dans lequel celle-ci s'était réfugiée avant leur grosse dispute. Elle reconnut la résilience dont sa mère avait fait preuve depuis toutes ces années, tandis qu'elle était occupée à rejoindre ses amis de part et d'autre du continent. Zeyna aurait-elle su que notre père n'était plus en vie sans parvenir nous le dire ? se demanda-t-elle.

Il fallait qu'elle trouve un moyen de rentrer chez elle, elle se releva alors doucement pour rassembler ses affaires.

L'homme n'était plus là. Elle fit plusieurs tours sur elle-même pour le chercher du regard, mais il n'était plus là, comme volatilisé.

La panique commença à la regagner, et le vent soufflait toujours plus fort. Elle avança tout droit vers les savates avec l'espoir de pouvoir les utiliser au moins une dernière fois, lorsqu'à la vue de l'une des chaussures, la carte du monde que lui avait montré Lindiwe lui vint à l'esprit. La savate ressemblait de façon troublante à la carte du continent africain. Elle contourna la chaussure pour l'observer dans l'autre sens, ce qui confirma son impression.

Elle récupéra l'autre chaussure un peu plus loin, et enfila la paire pour retrouver son foyer. Cela fonctionna.

Lorsqu'elle arriva sous le manguier de sa cour, elle se précipita dans la maison pour retrouver sa mère. Elle tira le rideau tombant nez à nez avec Zeyna, qui était face à l'entrée. Lorsqu'elle aperçut sa fille venir vers elle, elle s'effondra en pleurs et Lalla se logea dans ses bras.

— Il ne va pas revenir n'est-ce pas ? demanda-t-elle en caressant l'arrière de la tête de sa mère. Zeyna ne répondit pas, et pressa sa fille un peu plus fort contre elle. Lalla s'écarta pour se déchausser et présenta les chaussures à sa mère avant de lui faire le long récit autour de celles-ci.

Elles finirent par se coucher toutes les deux dans le lit de Zeyna comme lorsque Lalla était toute petite et qu'ils n'avaient pas de place dans l'appartement de Yoff. Face à face, et de confession en confession, Lalla appris que la somme d'argent que sa mère et sa tante avaient essayé de rassembler auparavant était pour payer des passeurs malhonnêtes qui menaçaient les voyageurs comme son père à coups d'intimidations et d'agressions physiques. Zeyna avait envoyé la somme exigée depuis trois semaines, et depuis, elle n'avait plus eu de nouvelles de son époux. Sous le coup de la colère, mais surtout de l'extrême tristesse, sa mère avait accusé son père de les avoir abandonnés, alors qu'au fond, elle savait bien que son mari était très certainement décédé. Ce fut le coup de grâce à cette nuit d'horreur et à son lot de mauvaises nouvelles pour Lalla. En pleurant ensemble et en se consolant l'une l'autre elles en arrivèrent à cette triste conclusion : son père était mort quelque part loin des siens...

À Lagos, on avait expliqué à Akil qu'avoir une petite amie lorsque l'on était en âge de se marier n'était pas la coutume. Il fallait une union officielle pour honorer leurs proches. Grace lui avait présenté ses parents dès le début de leur relation amoureuse pour les rassurer et Akil avait à son tour présenté Grace à sa famille. C'était nouveau pour lui, il n'avait jamais été en couple avant elle, il avait donc besoin de comprendre comment faire en sorte de la rendre heureuse, quels efforts il devait déployer pour qu'elle soit toujours amoureuse, alors il interrogea son entourage.

Sa mère lui avait conseillé de ne jamais hausser le ton et de toujours être sincère avec sa moitié. Selon Jerry, il fallait lui offrir des cadeaux, beaucoup de cadeaux, car les femmes avaient besoin de ça pour se sentir aimées, tandis qu'Onyeka recommandait de lui faire beaucoup de compliments et de ne surtout pas regarder les autres femmes pour la paix dans son foyer.

Un foyer, disaient-ils, comment du haut de ses dix-huit ans allait-il pouvoir tenir un foyer comme son père à lui se demanda-t-il. Et si les fiançailles imposées par les parents de Grace arrivaient trop tôt ? Et s'il n'était pas à la hauteur ?

Il partagea ses doutes avec sa petite amie qui le rassurait en lui expliquant que les fiançailles étaient importantes pour elle, car cela prouvait qu'il finirait par se marier tous les deux, et qu'elle avait hâte d'organiser la fête pour porter ses plus belles tenues. La voir si excitée et sourire la rendaient si jolie qu'il se fit la promesse de la voir ainsi aussi souvent que possible.

Les familles se rencontrèrent une nouvelle fois pour décider du montant de la dot et de l'organisation des festivités, et les amoureux se chargeaient de répandre la bonne nouvelle au sein de leur cercle d'amis. Les fiançailles étant imminentes et Akil prêt à s'engager avec Grace, il ressentit comme une sensation de stress, de haut-le-cœur semblables à ceux qu'il avait avant chaque présentation de ses collections de chaussures à la presse. Il enfila son beau boubou assorti à celui de Grace le jour J, remercia les invités tout en distribuant quelques billets ici et là aux griots, s'efforçant d'ignorer la petite voix en lui qui lui soufflait que quelque chose clochait. Il avait beau sourire, et se réjouir du bonheur de Grace, il ne pouvait s'empêcher de voir le visage de Lalla, de penser à Lalla et de constater à quel point elle lui manquait terriblement à cet instant. Après la cérémonie, il décida de tenter de la joindre. Coûte que coûte.

Tous les coups (de pouce) sont permis

Il avait fallu plusieurs tentatives pour rejoindre des pays d'Europe, d'Asie ou d'ailleurs, pour enfin comprendre que les savates avaient bel et bien la forme du continent africain, et qu'elles ne permettaient de se déplacer qu'à travers lui.

Lalla ne réalisa la valeur inestimable de ses chaussures qu'assez tard. Elles lui avaient permis de découvrir les vies et les combats des autres. Comment la fatalité des uns pouvait être la normalité des autres ? Et surtout, elle sut devenir la femme que son père aurait aimée qu'elle soit, se répétait-elle souvent. Indépendante et aux valeurs nobles.

En parallèle de ses études de journalisme, et de son blog d'information de plus en plus suivi, elle donnait des cours d'anglais à Dakar, et passait ses dimanches à Kaiaf, un village de Gambie où elle avait enseigné les techniques de récolte d'Elijah à des femmes. La production de cacahuètes et de riz avait doublé en seulement un an, et le nombre d'hectares cultivables était investi progressivement. Elijah de son côté, pu mettre en avant ses talents au sein de sa région, et était devenu un des jeunes politiques les plus invités sur les plateaux TV.

Elle avait aidé Myezi à mettre en place son petit restaurant à Kinshasa, et lui apportait dès qu'elle le pouvait les meilleurs produits possibles du continent. Zayane avait donné un lustre en cristal que Maka avait accroché au plafond pour donner ce côté chic tant espéré au restaurant.

Zayane et les siens vivaient à nouveau à Alger, et de manière définitive. Elle était devenue juriste, et chantait quelques soirs dans un restaurant du nord de la capitale, accompagnée de son époux.

Nabil et Habib s'étaient associés et avaient ouvert une galerie. Nabil continuait de créer des merveilles, et Habib se chargeait de la vente et de la communication autour de leur marque. Celle-ci rencontra un succès fou, et ce jusqu'en Amérique latine.

Bethlehem avait réussi à retourner à l'école, en insistant auprès de ses parents. Elle avait remporté un concours de sciences, et intégré l'une des meilleures universités de son pays, lui permettant de suivre le projet du premier satellite éthiopien à être envoyé dans l'espace.

Kodjo forma un club avec d'autres passionnés de courses automobiles des pays voisins, dans le but de créer lui-même un rallye. Anita, la jeune comédienne qui crevait l'écran était devenue sa petite amie, et il en était très amoureux.

Ayyur continuait de lui venir en aide, et apportait lui-même des livres à Lindiwé, pour qu'elle puisse les partager avec ses élèves. Hamdine avait rejoint Lindiwé en Afrique du Sud pour ses études de mathématiques, et celle-ci l'avait accueilli comme son petit frère.

Zeyna avait retrouvé son poids de forme, et avait épousé Lamine. Les commentaires malveillants du quartier se faisant fréquents et de plus en plus violents, ils déménagèrent pour s'installer avec Lalla à Dakar. Certains disaient que Zeyna n'avait jamais vraiment aimé son mari pour accepter de se remarier à un autre, d'autres que c'était une opportuniste ou encore une sorcière responsable du triste destin de Gora. Lamine lui avait été d'un soutien précieux ce qui permis aux enfants de l'accepter comme un membre à part entière de leur famille.

Un soir, Lalla consulta ses e-mails comme tous les jours avant de pousser un cri strident de joie, et annoncer à sa mère qu'elle participerait à un des plus grands évènements de l'année 2019 en Guadeloupe. Elle interviendrait à une conférence sur l'émancipation des jeunes travailleurs noirs à travers le globe avec des personnalités qu'elle admirait depuis très tôt.

Zeyna félicita sa fille en la prenant dans ses bras, avant de la couvrir de prières et de bénédictions.

Grace et Akil étaient fiancés depuis quelques mois déjà. Akil se concentrait sur l'ouverture prochaine d'une boutique à Abidjan et Grace profitait de son temps libre vu qu'elle ne travaillait plus, pour changer de coiffure régulièrement et s'acheter de beaux vêtements.

Quand Akil lui avait demandé de l'aide pour finir la dernière collection à temps et préparer l'installation dans le nouveau pays, elle avait répondu qu'elle n'avait pas le temps et que ce n'était pas son job.

Quand il lui demandait son avis sur des croquis, elle trouvait que tout était « pas mal » parfois sans même réellement y jeter un œil.

Il avait l'impression qu'elle ne lui portait plus d'intérêt et qu'il n'était bon qu'à lui offrir de quoi s'acheter toujours de nouvelles choses. Un soir, il avait fini par avoir les réponses à ses questions. Le choc fut brutal, mais nécessaire lorsqu'il surprit une conversation de Grace et de sa mère à elle où Grace lâchait l'air dégouté « de toute façon nous n'aurons jamais d'enfants, les albinos comme lui, c'est pas beau ».

Il fit demi-tour pour aller s'isoler dans son bureau et lâcher quelques larmes à l'abri des regards, le dos courbé comme si Grace lui avait planté une dizaine de couteaux dans le dos qui le vidait de son sang et qui l'empêchait de se redresser. Il s'empara d'une page blanche pour y coucher sa détresse lorsque Grace le surpris. Elle saisit la feuille en la froissant avec son point et lui demanda qui était cette Lalla à laquelle cette lettre s'adressait. Une amie imaginaire ? avait-elle lâché violemment, une prostituée ? Le sang d'Akil ne fit qu'un tour et une violente dispute de près d'une heure éclata.

Les fiançailles étaient rompues quelques jours plus tard, et la famille de Grace tint Akil pour responsable, criant sur tous les toits qu'Akil n'était qu'un coureur de jupons qui avait dupé leur chère fille. Sans vergogne, ils lui demandèrent une compensation financière, et pas des moindres, pour que Grace puisse aller mieux avant de retrouver un emploi. Une famille de charognards qui n'en avait, comme soupçonné, qu'après ses finances.

« Tout aurait été différent avec Lalla », se répéta-t-il épuisé par ce bourbier dans lequel il s'était jeté seul. Il fallait qu'il puisse la retrouver pour en avoir le cœur net. Il en parla avec Adebola via Facebook qui l'incita à le faire pour avoir des réponses et tourner la page une bonne fois pour toutes. « Si c'est la femme de ta vie, tu le sauras bien », avait conclu ce dernier.

Il s'était rendu à Goudiry. Il avait décidé de prendre son courage à deux mains et de remettre à Lalla toutes les lettres qu'il lui avait écrites.

Transpirant à grosses gouttes dans le taxi, il scrutait les environs à la recherche d'endroits familiers et demanda au chauffeur de s'arrêter à un point dès qu'il eut reconnu l'arbre lièvre. Il paya celui-ci sans récupérer la monnaie et descendit du véhicule avec un unique sac à dos en guise de bagages.

Il s'essuya le front et le visage avec un mouchoir en tissu et emprunta d'un pas lent un des chemins qu'il empruntait jadis avec Lalla.

Le vieux peul faisait ses ablutions sur le perron de sa boutique comme dans le passé, au loin, le petit coin coiffure de Djoumi s'était transformé en un vrai salon esthétique et son ancienne maison a lui avait été annexée par un enclos d'élevages de poulets. Il se posta devant celle-ci, et contempla ses contours à la recherche d'autres changements et des nouveaux propriétaires, juste pour savoir à quoi ils ressemblaient. Il finit par fixer la maison de Lalla, qui elle était restée identique, avec un manguier toujours aussi triomphant qui a la manière de bouger ses feuilles semblait lui aussi avoir reconnu un vieil ami. Il serra les poings pour se donner un élan de courage et décida d'aller toquer chez elle, mais ses jambes devinrent lourdes d'un coup l'empêchant de faire un pas de plus. Pris de panique il regretta aussitôt son choix, se demandant s'il avait une place aussi importante dans la vie de Lalla. Une femme sortit de la maison au même moment et il l'interpela :

— Excusez-moi madame, vous vivez dans cette maison ?

— Pourquoi cette question ? demanda-t-elle méfiante.

— Je suis juste à la recherche de Lalla Sané, c'est une amie et elle vivait ici quand j'étais petit

— Ah oui, elle et sa famille sont parties depuis longtemps maintenant, nous habitons ici depuis un peu moins de quatre ans.

— Merci. Vous savez où ils sont partis vivre par hasard ?

— Oh non, je sais juste qu'ils sont partis en ville, très certainement à Dakar, mais je ne suis pas sûre, je peux demander à mon mari il sait mieux que moi…

— Non, ce n'est pas nécessaire ne vous embêtez pas, merci, répondit-il en examinant les alentours.

Le stress le quitta, mais la déception le remplaça aussitôt. Il se rendit au salon de beauté en espérant tomber sur Djoumi et celle-ci l'invita à rentrer.

— Bonjour, c'est bien Djoumi ?

— Oui, c'est moi, on se connait ?

— Oui je suis Akil, j'habitais…

Elle le coupa.

— Akil ? C'est fou ! Que fais-tu dans le coin ? Tu veux que je te fasse un défrisage ?

Ils rirent ensemble. Elle l'invita à prendre le attaya* avec elle, et ils passèrent une partie de l'après-midi à se raconter leurs vies et à boire du thé.

Djoumi incita Akil à lire le blog de Lalla pour comprendre comment cette dernière avait évolué dans sa vie, et en profita pour lui dire que sa copine était très amoureuse de lui à l'époque. Cette confidence lui redonna confiance en lui. Il scruta l'intégralité du contenu du blog, pu lire qu'elle avait beaucoup voyagé et qu'elle participerait à un évènement en Guadeloupe, quinze jours plus tard.

Les champions

— Ça va être à ton tour Lalla, il faut qu'on retourne à l'intérieur, s'écria Hamdine de sa voix de baryton, j'espère que tu es prête ma sœur.

— Prête ? Elle prit une profonde inspiration. Ai-je le choix ? répondit-elle d'une voix calme, le regard tourné vers l'horizon.

Hamdine se plaça à côté de sa sœur, et passa le bras autour de son épaule. Ils restèrent ainsi quelques instants à contempler le paysage guadeloupéen depuis le jardin panoramique du Memorial Acte*.

L'océan offrait un camaïeu de bleu, s'étendant jusqu'aux petites îles voisines, et un voile de brume habillait les montagnes au loin. Les quelques bateaux de croisières épousaient les vagues, et tanguaient au rythme d'une jolie valse créole.

— Allons-y Hamdine, dit Lalla.

Ils empruntèrent la passerelle bras dessus bras dessous, et passèrent le patio lumineux, où le Poto Mitan, cet immense arbre en acier symbolisant la naissance des racines humaines, était exposé en plein cœur.

Lalla passa dans un couloir, se dirigea vers l'entrée des *speakers*, et pénétra dans la salle de congrès. Elle alla s'installer près d'un homme d'une cinquantaine d'années à la peau couleur pain d'épice et aux cheveux rasés. Elle s'aperçut très vite que celui-ci n'était autre que Serge Bilé l'un des penseurs et de ses écrivains préférés qu'il l'avait inspirée pour devenir journaliste.

Après le passage des quatre autres intervenants, son tour arriva. Elle devait prendre la parole devant les deux cent cinquante personnes présentes et maîtriser son stress. Elle aperçut Hamdine et sa mère assis sur la droite. Hamdine un smartphone à la main prêt à la filmer, Lamine juste à côté de lui, et Zeyna le sourire aux lèvres, qui d'un geste de la tête semblait lui dire « tout ira bien ma fille ».

Lalla inspira par le nez et expira par la bouche, comme le lui avait appris Elijah pour se détendre, et prit le micro.

— Bonjour à tous, et encore merci de nous recevoir. Petite, je n'aurais jamais imaginé me retrouver ici un jour. À goûter toutes sortes de fruits qui m'étaient inconnus auparavant, à déguster de si bons *dombrés**, à savourer des sorbets coco sur des plages à l'eau turquoise, jusqu'à ce que mon frère m'oblige à m'arrêter. Outre mes passions liées à mon appétit, je suis sincèrement ravie d'être là. Non seulement pour partager avec vous tout ce que cet évènement représente pour moi, mais aussi, car cela m'évite à l'heure où je vous parle d'être devant la série *Game Of Thrones*.

D'ailleurs, vu que vous en savez déjà assez sur moi, je peux partager avec vous pourquoi j'apprécie tant cette série. Je peux voir sur certains visages depuis ma place que vous vous demandez si vous ne vous êtes pas trompé de conférence. Je vous rassure, vous êtes au bon endroit.

Game Of Thrones est une série basée sur des jeux de pouvoirs et de stratégies, de plusieurs familles faisant la course au trône de Fer, la plus haute distinction de ce monde fictif. Vous avez donc des guerres de prévues entre les dynasties du nord, du sud, de l'est et de l'ouest, mais aussi contre des créatures zombies, appelées Les Marcheurs Blancs.

À l'instar de *Game Of Thrones*, en Afrique, nous avons Les Marcheurs Noirs. Ils marchent depuis le Congo, le

Tchad, la Gambie, le Soudan, la Mauritanie, et bien d'autres pays encore.

Ils sont de plus en plus nombreux, se dirigeant vers la même destination, laissant des milliers de pas derrière eux. Ils convergent vers la méditerranée, l'ultime étape à franchir avant la vie tant espérée et la récompense à leurs efforts : l'Europe. Cette Europe qui depuis très longtemps, représente le Saint Graal*.

Et ils marchent, ils marchent... Rien ne peut les arrêter, ils sont focalisés sur la ligne d'arrivée, seulement pour la plupart d'entre eux, quelle est-elle ?

Comme à la course, certains feront de faux départs, d'autres trébucheront en plein galop, et on leur fera mordre la poussière dans le désert. Les quelques femmes d'entre eux courront moins vite, certaines seront victimes d'abus par les arbitres tandis que d'autres seront disqualifiées, car elles refuseront de se séparer de leurs bambins.

Des tempêtes de sable en emporteront dans le tourbillon de la vie. Les plus déterminés, n'en seront pas à leur première course, alors ils survoleront quelques obstacles, mais ne s'attendront pas en cas d'échec, à ce que leurs œillères leur soient arrachées et qu'ils soient vendus comme du bétail. La course n'aura pas eu lieu au dix-neuvième siècle, mais bel et bien dans les années 2010.

Les Marcheurs Blancs dans *Game Of Thrones* représentent une armée de morts revenus parmi les vivants pour accomplir une mission que nous ne connaissons pas parfaitement. Rien ne nous confirme d'ailleurs que face à certains hommes, ils sont bien les plus méchants.

Les Marcheurs Noirs en revanche, quittent le monde des vivants, pour aller s'enliser avec les morts dans les abysses et dans nos pensées. Ils ne deviennent plus que des ombres, des visages aux contours flous, ou des douleurs dans les poitrines.

Et pour en finir avec cette dichotomie, les nôtres sont bien réels et non le fruit d'un best-seller fantaisie.

Quand j'étais enfant, un petit garçon du nom de Med était constamment chez nous. C'était le meilleur ami de mon frère Hamdine, ils étaient toujours ensemble, complétaient les phrases l'un de l'autre, et avaient le même rire. Ils étaient capables de retenir mieux que quiconque ce qu'ils apprenaient ou entendaient, qu'il s'agisse de formules mathématiques ou de livres complets, si bien qu'on disait qu'ils avaient un don. Tout le monde les appelait les jumeaux, et on avait fusionné leurs deux prénoms pour les appeler Médine, comme la ville sainte de la Mecque.

Un jour en jouant au foot avec ses amis, dont mon frère Hamdine, près de vieilles tôles, Med s'est blessé. Il avait une grande plaie à la jambe, et ses parents avaient dû trouver un véhicule pour l'emmener à l'hôpital de Tambacounda, à plus de 70 km de chez nous dans le but d'avoir les meilleurs soins possibles. Sa grand-mère maternelle, habitait près de cet hôpital, il était donc question pour Med une fois soigné, de se reposer chez sa grand-mère. Nous avons appris bien plus tard que la plaie s'était infectée, qu'on avait dû lui amputer une partie de la jambe à cause du tétanos, et qu'il avait succombé à l'opération.

Pourquoi je vous raconte cela ? Car mon père, était le médecin du quartier que tout le monde venait voir le dimanche, son unique jour de repos, pour qu'il les soigne à moindre coût, voire gratuitement.

Mais mon père était un Marcheur Noir, et la blessure de Med est survenue lorsque notre dispensaire maison avait fermé ses portes. Nous avons pensé maintes fois « si papa avait été là, rien de tout cela ne serait arrivé ». Mais c'est arrivé.

Le but de ma démarche n'est pas de vous raconter des histoires tristes ni de voir des visages larmoyants. Mon but est de partager l'expérience qui m'a conduite ici, et les conclusions que j'en ai tirées.

J'ai visité tous les pays du continent africain, absolument tous. J'y ai appris 8 langues supplémentaires que je parle aujourd'hui couramment. Alors que j'essayais de me rendre en Europe, j'ai compris que j'avais beaucoup plus en commun avec certains peuples que je n'aurais pu l'imaginer, et de fait, j'en connais bien plus sur notre histoire et celles de nos ancêtres.

J'ai séché et gravé des calebasses de mes mains, cultivé la terre, façonné des tenues traditionnelles diverses, appris à lire et à écrire à des personnes de tout profil et en plusieurs langues. Mais surtout, j'ai fait la rencontre exceptionnelle de personnes qui aspirent à une nouvelle dynamique : Estelle, qui a vendu des sculptures et des tableaux pour financer des écoles dans son village. Évariste, qui a créé un cartable composé d'un panneau solaire relié à une lampe, pour permettre aux élèves d'étudier dans l'obscurité. Amina et Yama, des femmes actives pour l'accès aux soins, qui se battent pour l'éducation et contre l'excision des filles.

Amadou et son système d'irrigation à faible coût, pour économiser l'eau et mieux cultiver la terre. Sadek, créateur et développeur de plusieurs solutions et équipements informatiques.

Apostle, à l'origine d'une voiture 100 % africaine, au design vraiment moderne. Hamdine mon frère, un amoureux des neurosciences, aujourd'hui un chercheur en herbe qui a intégré une des meilleures universités du continent. Une passion qu'il aurait probablement partagée avec un frère jumeau encore en vie.

Je ne peux citer tous les instituts, hôpitaux et grandes écoles, où la recherche et le développement sont à l'honneur, et où nous apprenons quelle est notre véritable histoire, pour définir ensemble où nous voulons aller.

Je ne peux non plus citer tous ces héros du quotidien, qui n'attendent aucune manne céleste pour prendre soin de

Dunya, qui signifie la Terre en Swahili, et qui le leur rend bien.

Pour rendre hommage à tous ces Marcheurs disparus, qui n'avaient pour seul « crime » commun, que de souhaiter une vie plus digne à leur famille et pour eux-mêmes. Pour honorer la mémoire de nos pairs morts en tant qu'esclaves, ou pour notre liberté. Mais aussi pour remercier ces braves personnes qui font leur possible pour faire changer les choses à leur échelle, certains de nos gouvernements se doivent de prendre leurs responsabilités.

Notre rôle n'est pas de blâmer les erreurs et les mauvaises décisions prises par ces derniers, mais de regarder ensemble vers l'avenir et de tout mettre en œuvre pour qu'ils investissent en nous et pour nous, dans l'éducation et la santé par exemple.

Et avec cette même vision futuriste, je suis convaincue que tous les prochains satellites africains, une fois en orbite, contempleront le monde, et se diront « nous aussi nous le pouvons, nous avons toujours pu ! ».

Comme je l'ai appris ici même lors de ma visite, *« fanm sé poto mitan pep Gwadloup »* qui veut dire, « la femme est le pilier central du peuple guadeloupéen », j'ai envie d'ajouter *« Afrik sé poto mitan kominoté nou an »*, « l'Afrique est le pilier central de notre communauté ». Merci à tous.

Un tonnerre d'applaudissements retentit, et une majeure partie de la salle se leva pour l'applaudir. Zeyna les yeux étincelants criait « c'est ma fille » et Lalla lui fit les gros yeux de manière qu'elle cesse de lui foutre la honte.

Elle échangea quelques mots avec Serge Bilé avant de quitter la salle, pour enfin se rendre au restaurant du monument et s'y détendre seule.

L.T.A

— Ton discours m'a bluffé Karaté Kid ! dit l'homme derrière elle.

Lalla était face à la fenêtre, sirotant un thé lorsque ces mots vinrent à elle. Un frisson lui parcourut le corps des pieds à la tête, tant la voix de l'homme lui sembla familière.

Elle se retourna, et découvrit cet Apollon souriant aux cheveux locksés.

Elle déposa la tasse de thé sur le recoin de la table, et s'empressa d'aller vers lui pour lui sauter dans les bras.

— Akil. C'est bien toi ? Comme tu es beau ! Que fais-tu ici ? Je veux dire, toi. Ici... Akil, amusé, lui secoua légèrement les épaules pour la calmer, comme lorsqu'ils étaient enfants.

— Calme-toi, tiens reprends une gorgée de ta camomille pour te détendre, dit-il l'air moqueur, en lui tendant la tasse.

Ils pouffèrent tous les deux. Elle reposa la tasse sur la table, avant de lui refaire une accolade.

— J'étais tellement certain que tu ferais des choses exceptionnelles, dit-il en s'écartant pour la contempler. Tu es si belle, je n'ai jamais oublié ce visage.

— Moi non plus, je n'ai jamais oublié le tien.

Akil lui prit la main pour l'emmener près du bar, tira un tabouret pour qu'elle puisse s'asseoir et s'installa face à elle.

— Alors, raconte-moi tout, je veux tout savoir sur la grande Lalla Sané, dit-il les yeux plongés dans les siens.

Elle se redressa pour avoir le dos bien droit et la poitrine en avant, gardant les mains chaudes d'Akil dans les siennes.

— Et bien, je ne sais par où commencer, il y a tellement de choses à raconter. Et tout cela n'aurait jamais été possible sans les chaussures magiques. Alors merci. Du fond du cœur.

Ils passèrent ainsi deux bonnes heures à discuter et à rire, comme si le temps s'était figé, et qu'ils ne s'étaient jamais quittés.

— Assez parlé de moi. Qu'as-tu fait pendant toutes ces années à part de la boxe, du kung-fu ou je ne sais quel art martial ? demanda Lalla.

— Tu es jalouse, car le petit garçon maigrichon que j'étais a laissé place à un Jean-Claude Vandamme tout simplement. Plaisanta-t-il. Eh bien j'ai fabriqué des chaussures.

— Oh mon Dieu, tu as fait d'autres chaussures magiques alors ?

— Non, tu as bel et bien la seule paire avec de tels pouvoirs. Elles t'étaient destinées, j'en suis dorénavant convaincu. Je fabrique des chaussures pour tout le monde et c'est une réelle passion. Cette passion est devenue mon métier, et tout comme toi, grâce aux aventures que j'ai vécues. Je mets du cœur à l'ouvrage, et à chaque modèle inventé, je me demande si la coupe te plairait.

Elle baissa le regard, intimidée par cette révélation.

— Je désespérais à l'idée de te revoir un jour. J'ai eu une fiancée récemment, Grace, et nous devions nous marier, mais je me demandais constamment si elle était avec moi pour ma personne, ou pour le confort matériel que je lui apportais. Je n'ai jamais été sûr de rien avec cette fille. Alors j'ai tout abandonné, rompu les fiançailles sans réels remords, comme s'il m'était impossible d'aimer une fille autant que je t'ai aimé toi.

Il lui releva doucement le menton avec son index pour retrouver son regard.

— Tu as été mon amie même lorsque tout le monde m'ignorait, m'insultait, ou à l'inverse avait peur de moi, et pour ça je t'en serai à jamais reconnaissant.

Akil posa sa petite valise à roulettes au sol, tira sur la fermeture éclair pour l'ouvrir et en sortit une boite rectangulaire recouverte d'un papier doré.

— Tiens, c'est pour toi, dit-il en lui tendant la boite.

— Pour moi ? s'étonna-t-elle.

— Oui ! Pour toi, ouvre-la.

Lalla déballa doucement le paquet pour y découvrir une sublime paire d'escarpins en cuir rouge verni.

— Waw ! Une paire de LTA, les *hit-shoes** du moment. Elles sont magnifiques Akil.

— Ravie qu'elles te plaisent.

— Tu es as l'origine de ces merveilles ? dit-elle en admirant les chaussures.

— Oui, elles sont bien de moi, c'est ma marque. Et celles-ci sont un modèle unique pour toi.

— Ta marque ?

— Oui, LTA veut dire Le Talon d'Akil !

— Mais oui bien sûr, dit-elle en riant. J'adore ! Qui m'aurait dit que ces chaussures tant à la mode étaient de toi ?

— Essaye-les, proposa-t-il. J'espère que Djoumi ne s'est pas trompé en me donnant ta pointure.

Elle posa la boite sur le comptoir, et enfila les chaussures légèrement trop grandes l'une après l'autre. Elle se leva du tabouret, sa cambrure naturelle accentuée, et Akil l'imita. Ils se retrouvèrent à nouveau debout l'un face à l'autre, leurs regards mêlés, sans dire un mot. Le silence semblait écouter leur respiration, et la musique d'ambiance du restaurant, celle de Musiq Soulchild, s'était transformée en un bruit sourd dans la tête de Lalla. Elle sentit les bras puissants d'Akil envelopper sa taille pour se rapprocher d'elle, et poser son front chaud contre le sien. Son pouls s'accéléra, son dos et ses bras se raidirent, tandis que ses jambes semblaient vouloir se dérober.

Elle ne savait comment réagir ni quoi faire, et oscillait entre désir et interrogations. Elle se demanda si ce moment allait durer éternellement. Si elle allait perdre le contrôle de son corps et de ses sens, chaque fois qu'Akil serait si près d'elle. Allaient-ils repartir chacun de leur côté après ça ? Allaient-ils faire le tour du monde main dans la main ? Pourquoi l'avait-elle choisie ? Allait-il toujours l'aimer ?

Elle releva la tête vers lui, lèvres offertes, et Akil en profita pour l'embrasser.

La douceur de ses lèvres chaudes et charnues lui apporta le réconfort et les réponses à ses questions. Elle se laissa porter par cette marée d'émotions et lui rendit ainsi le baiser, chargé de tout l'amour qu'elle lui portait depuis l'enfance.

Quelques milliers de kilomètres plus loin dans le désert tunisien, un homme se réveillait avant l'aube comme tous les jours. Il compta ses bêtes avant de se mettre en marche en direction de l'oasis la plus proche à dix kilomètres de son camp.

L'âne refusa d'avancer au bout de quelques mètres et resta immobile au-dessus d'une masse sombre et partiellement recouverte de sable. L'homme s'en approcha et y déterra un sac à dos usé contenant un chapelet cassé, le carnet de bord de Gora, une photo de sa famille et des cartes pleines d'annotations. L'homme feuilleta les quelques pages du cahier, mais ne sachant pas lire, rangea le tout dans la sacoche du bourricot et pria Dieu d'en retrouver le propriétaire.

Ce n'était pas un jour comme les autres.

Remerciements

Merci à Marie-Amélie, la première personne qui a lu ce manuscrit pour ses encouragements. À Julia, Fatima, Jade et Daba qui m'ont poussé à écrire et à donner vie à mes personnages.

Je remercie forcément ma famille sans qui rien de tout cela ne serait possible. Chez nous on ne se dit pas assez qu'on s'aime, je vous aime.

J'en profite pour rendre hommage aux défunts comme tonton Maréna, à Papa Cissé, aux albinos assassinés et à toutes ces personnes décédées en Méditerranée.

Merci aux personnes qui sans le savoir m'ont donné envie de raconter cette histoire.

Ma gratitude va également à Kebba pour son illustration que j'affectionne tant, à mes sœurs Ami, Gnima et Raphaella, à Wassila, à Quentin et à tous mes amis d'une valeur inestimable.

Table des matières

1. Le direct

2. L'origine

3. La rencontre

4. Le maître du jeu

5. La compétition

6. L'enchaînement

7. L'échauffement

8. La bonne étoile

9. Le supporter

10. La coéquipière

11. La pro de la technique

12. Le coach

13. Le jeu de jambes

14. La combattante

15. Le plan d'action

16. Le promoteur

17. L'esquive

18. Le K.O

19. Tous les coups (de pouce) sont permis

20. Les champions

21. L.T.A

Lexique

*Harmattan: Vent chaud et sec chargé de poussière qui souffle sur l'Afrique Occidentale

* **Chocoleca:** pâte à tartiner au chocolat

* **Bissap:** jus de fleur d'hibiscus

* **Biskrem:** marque de biscuits

* **Cauris:** petit coquillage, anciennement utilisé comme monnaie d'échange en Afrique et en Asie

* **Kankourang:** initié portant un masque et fait d'écorces et vêtu de fibres rouges d'un arbre appelé faara et de feuilles. Il danse et virevolte dans les cérémonies mandingues et préserve les valeurs sociales.

* **Sauce Kaldou:** sauce casamançaise à base de poisson et d'oignons qui se marie avec l'oseille

* **Cocoa butter:** marque de crème pour le corps à base de beurre de cacao

* **Qamis:** vêtement long traditionnellement porté par les hommes arabes

* **Tamashek:** langue touarègue parlée principalement par les touaregs du mali

* **Khôl:** fard de couleur sombre appliqué sur les paupières, les cils, les sourcils, utilisé à l'origine dans le monde arabe.

* **Mpingo:** petit arbre de l'afrique de l'est

* **Viviane:** Viviane Ndour, chanteuse sénégalaise

* **Yoruba:** ethnie du nigéria

* **Tupac:** Tupac Shakur le rappeur américain de la côte ouest

* **Nairas:** monnaie nigériane

* **Eza:** pronom "tu" en lingala

* **Mundele:** une personne blanche en lingala

* **Ndombolo:** musique congolaise populaire

* **Fatayas:** pâtisseries salées fourrées avec de la viande ou du poisson

* **"Comprenez mon émotion":** Expression connue du feu président congolais Mobutu Sese Seko lors d'une conférence nationale.

* **Kinoise:** habitante de Kinshasa

* **Eza kitoko:** "tu es jolie" en lingala

* **Tontine:** Association de personnes cotisant à une caisse commune dont le montant est remis à tour de rôle à chacune d'elles.

* **Wax:** tissu en coton d'origine hollandaise coloré, très populaire en Afrique

* **Tchalé (Chale):** expression ghanéenne pour "mon ami(e)/ mon pote"

* **Fajr:** première des cinqs prières obligatoire musulmane, avant l'aube

* **Attaya:** thé à la menthe à la sénégalaise

* **Memorial Acte:** ou "Centre caribéen d'expressions et de mémoire de la Traite et de l'Esclavage" est un mémorial en Guadeloupe.

* **Dombrés:** plat créole à base de boulettes de farine accompagnées de sauce au crevettes, de viande, de poisson ou d'haricots rouge

* **Saint Graal:** coupe/objet de quête mythique dans la légende arthurienne

* **Hit shoes:** chaussures à la mode

Carte de l'Afrique à retourner pour voir la forme de la savate

Printed in Great Britain
by Amazon